Christmas Eve At Friday Harbor
by Lisa Kleypas

奇跡は聖なる夜の海辺で

リサ・クレイパス
岩崎 聖[訳]

ライムブックス

奇跡は聖なる夜の海辺で

主要登場人物

マギー・コンロイ……………トイショップ〈マジック・ミラー〉の店主
マーク・ノーラン……………コーヒー焙煎会社の経営者
サム・ノーラン………………マークの上の弟、ブドウ園の経営者
アレックス・ノーラン………マークの下の弟、不動産開発業者
ヴィクトリア・ノーラン……マークの妹、故人
ホリー・ノーラン……………ヴィクトリアの娘
シェルビー・ダニエルズ……マークの恋人
エリザベス……………………〈マジック・ミラー〉の店員
エディ・コンロイ……………マギーの夫、故人

プロローグ

サンタさんへ

ことしのおねがいはひとつだけです
ママがほしいです
フライデーハーバーにおひっこしをしたからおうちをまちがえないでね
よんでくれてありがとう

あいをこめて
ホリー

1

マーク・ノーランは妹のヴィクトリアが他界するまで、ヴィクトリアの娘で姪にあたるホリーに対してはぼんやりとした愛情を抱いていたにすぎなかった。祝日には会う機会をつくることもあったし、誕生日とクリスマスの前には姪のための買い物もした。もっとも、買い物といってもほとんどの場合はカードだったが、とにかく、姪との関係といえばせいぜいそんなもので、それでじゅうぶんだと思っていた。

だが、雨が降りしきるシアトルの四月の夜にすべては変わってしまった。ヴィクトリアが五号線で起きた交通事故で亡くなったからだ。マークはヴィクトリア本人から子どもの将来をどう考えているのかも、万が一に備えて遺言を用意しているかどうかも聞いていなかったので、六歳になるホリーが母の亡きあとどうなってしまうのか、見当もつかなかった。父親はもとよりあてにならない。妹の親友たちですらホリーの父親の話は何も聞いていなかったし、当の父親にしても自分に娘がいることを知らないに違いなかった。

ヴィクトリアは故郷を離れてシアトルに移ったあと、ミュージシャンのようないわゆる創造力に富んだタイプの人々、要するに自由気ままな人生を生きる連中とのつきあいにのめりこんだ。その結果として多くの男を相手に短い恋愛を繰り返すようになり、本人がずっと望んでいたとおり、波乱に富んだ劇的な人生の主人公となることに成功した。だが、そんな生活をいつまでも続けられるはずもない。徐々に思いどおりの人生を送るには安定した稼ぎも必要なのだという現実を認めざるを得なくなり、そこでソフトウエア会社の面接を受けて福利厚生が充実したまずまずの給料の仕事をすることになった。ところが、実際にその仕事につく前に、不運にも妊娠が発覚したのだった。

「彼が関わらないほうが、うまくいくのよ」ヴィクトリアは、父親は誰だと尋ねるマークに言った。

「誰かの助けがないと、ひとりじゃやっていけないだろう」マークは言い返した。「少なくともその男は経済的な援助をするべきだ。子育てには金がかかるんだから」

「自分でどうにかするわ」

「ヴィクトリア、ぼくは片親ってやつには賛成できない」

「どんな親になるにしたって、兄さんは賛成しないわよ」ヴィクトリアも反論した。「あんな家で育ったんだもの、無理もないわ。でも、わたしはこの子を産みたいの。絶対にうまくやってみせるわ」

そして、現にそうなった。ヴィクトリアはひとり娘を甘やかして過保護になることもなく、忍耐力とやさしさを発揮してきちんと子どもを守りつづけ、責任感の強い立派な母親になったのだ。マークにしてみたら、妹にいい親としての隠れた才能があったのは意外もいいところだった。ろくでもなかった自分たちの両親には何ひとつ学ぶ点がなかった以上、妹が持って生まれた才能だと考えるほかなかった。

そしてマークは、自分には妹のような親としての才能はないと確信していた。だからこそ妹が亡くなった知らせに衝撃を受けたあと、子どもが自分に託されたと知ったときは二度めの衝撃に襲われたのだった。

ホリーの法的な後見人に指名されていたことは、マークにとって青天の霹靂《へきれき》以外の何ものでもなかった。たいがいのことについては自分に何ができるのかわかっているし、はじめての状況に直面したときにどう対応したらいいのかも承知している。しかし、子どもの面倒を見るというのは……まったく想定外の事態だった。

もしホリーが男の子であれば、まだいくらか気が楽だったかもしれない。理解するのは簡単ではないにせよ、難しいばかりではなかったはずだ。けれども、女の子——自分と対極の存在——ときては、何から何までさっぱりわからないことだらけだった。マークはだいぶ前に、女性とは面倒な存在だと結論づけていた。女性はよく〝知らないならわざわざ教えない〟みたいな理不尽なものの言い方をするし、食べたいくせにデザートは決して自分から頼もうとしない。しかも着る服について人の意見を求めるわりに、そのアドバイスには絶対に従わないのだから始末に負えない。ただし、マークはそんな複雑な女心を理解できないにもかかわらず、とらえどころがなく、魔法のように機嫌がころころ変わる性質に驚かされつつも、そんな女性たちをいとおしいと思ってきた。

だが、実際に女の子を女性に育てあげるとなると……話はまるで別だった。失敗する可能性が大きすぎる。そもそも男であるマークがいい手本になれるはずもないし、あらゆる罠が待ち構える、冷たく厳しい世の中で生きられるよう女の子を導いていくなど……自分にその資格がないのは明らかだった。

マークの両親は子どもたちを無益な夫婦喧嘩で優位に立つための駒としか思っていなかった。だからノーラン家の三人の息子たち——マーク、サム、そしてアレックス——は、成長したらそれぞれが家族とは無縁の道をばらばらに進んでいくものだと思いこみ、その考えに何の疑問も抱かなくなってしまった。その一方で末っ子のヴィクトリアは、自分が育った家庭にはなかった家族の絆を渇望し、ホリーとの生活で見いだしたその絆に感謝していた。

しかし、ちょっとしたハンドル操作の誤りと雨に濡れた道路のせいで事故が起こり、まだ若かったヴィクトリア・ノーランの人生は、一瞬にして無慈悲に断ちきられてしまったのだった。

ヴィクトリアは遺言をおさめたファイルの中に、マーク宛の一通の封書を残していた。

マークへ。兄さんしかいないの。ホリーはサムもアレックスも知らないから。兄さんに読まれることがなければいいと思いながら、いまこの手紙を書いているわ。でも、もしこれを読んでいるとしたら……わたしの娘をお願い。ホリーを助けてあげて。あの子には兄さんが必要なの。とてつもなく重い責任を負わせることになるのは承知しているわ。ごめんなさい。兄さんが望んだわけじゃないのもわかっている。でも、兄さんならできるわ。絶対にうまくやれる。

まずはあの子を愛するところからはじめて。あとのことは自然とついてくるから。

「本気でホリーを引きとるつもりなのか？」

葬儀の日、弟のサムがヴィクトリアの家でマークに尋ねた。妹の急逝で突然遺品となったものを、とり残された状態のまま眺めるのは何だか妙な気分だ。本棚には本が並び、クローゼットの床に靴が一足だけ放りだされていて、バスルームのカウンターにはリップグロスが一本置きっぱなしになっていた。

「もちろん引きとるよ」マークは答えた。「ほかにどうしろというんだ？」

「アレックスがいる。あいつは結婚してるんだ。なぜヴィクトリアはホリーをあいつに託さなかったんだろう？」

マークは言わなくともわかるはずだという目で弟を見た。末弟の結婚はウイルスに侵されたコンピューターみたいなものだ。一見したところでは無害なプログラムを実行しただけで、あらゆる種類の害悪をまき散らしていく。

「お前だったら、自分の子をあのふたりに託そうと思うか？」マークは問い返した。

サムがゆっくりと首を振る。「たぶん託さないね」

「つまりホリーには、ぼくとお前しかいないということだ」

サムが不安もあらわにマークを見た。「待ってくれ。後見人に指名されたのは兄貴じゃないか、ぼくじゃないぞ。ヴィクトリアがぼくを選ばなかったのには理由があるに違いないんだ。子どもは苦手なんだよ」

「それでもお前はホリーの肉親だ」

「そうさ、〝親戚のおじさん〟だ。下品な冗談を言ったり、家族の集まりで酔っ払ったりする役回りだよ。ぼくは父親タイプじゃない」

「ぼくだって違う」マークは険しい顔で言った。「でも、やってみるしかないだろう。ホリーを養子に出したいのか？」

サムは眉をひそめ、両手で顔をこすった。「シェルビーは何て言っているんだ？」

マークは恋人の名を耳にして首を振った。シェルビーはシアトルに住むインテリア・デザイナーで、彼女がグリフィンベイにあるマークの友人の豪邸を仕事で訪れたときに知りあった。「ぼくたちはまだつきあいはじめて数ヵ月だ。この状況を受け入れるのも、拒否してぼくと別れるのもシェルビーしだいだよ。どのみち、はじめから彼女の手を借りるつもりはない。ホリーの件は、ぼくとお前の責任でどうにかするんだ」

「そりゃあ、たまに子守をするくらいなら何とかなるよ。でも、あまり期待しないでくれ。ブドウ園のほうにすべてを注ぎこんでしまって、懐だってすっからかんなんだ」

「だからブドウ園なんてやめておけと言ったじゃないか」

サムはマークとよく似た青みがかったグリーンの目を細め、眉間にしわを寄せた。

「兄貴の言うとおりにしていたところで、どのみち金は貯まっていなかったよ」言葉を切り、室内を見回してから続ける。「ヴィクトリアは酒をどこに置いているんだろう?」

「そこの棚だ」マークは弟に食料の棚を示し、自分は別の戸棚からグラスをふたつ出して氷を入れた。

マークが示した棚をあさりながらサムがつぶやく。「変な気分だな。ヴィクトリアが……いなくなってから、あいつの酒を飲むなんて」

「あいつなら真っ先に一杯やれと言ってくれるさ」

「それもそうだ」ウイスキーのボトルを持ったサムがテーブルに戻ってきた。「あいつ、生命保険くらいは入ってたのかな?」

マークは首を振った。「不払いで失効してた」

サムが心配そうな顔をしてマークを見た。「ということは、この家は売らなければならないな」

「ああ、でもいまの景気を考えると、たいした値はつかないだろう」マークはサムに向かってグラスを押しやった。「遠慮するな」

「しないさ」言葉どおり、サムはふたつのグラスになみなみとウイスキーを注いだ。

兄弟はふたたび向かいあった椅子に腰をおろし、妹のために無言でグラスを掲げた。上等な酒がマークの喉を流れ落ちていき、胸のあたりに心地よい炎を宿らせる。

意外にも、マークは弟と一緒にいることに安心感を覚えていた。喧嘩や小さな裏切りに明け暮れていた、救いようのない子ども時代の記憶はもはやふたりを隔てるものではない。両親が生きていた頃には考えられなかったが、兄弟はいまや大人になり、あらたに友情を築く機会を手にしていた。

ただし、末弟の場合は少し事情が違う。好き嫌いの感情を持てるほどのつきあいすらないからだ。アレックスと妻のダーシーは葬儀には来たものの、一五分ばかりいただけでほとんど誰とも話さないまま、さっさと出ていってしまった。

「もう帰ったのか?」ふたりがいないのに気づいたとき、マークは信じられない思いでサムに尋ねた。

「あのふたりに長居してほしかったのなら……」サムは答えた。「葬儀をあのふたりが通いつめているシアトルのデパートでやればよかったんだ」

三人の兄弟がおよそ七〇〇〇人ほどの住人しかいない島に住みながらこれほどまでに疎遠な関係を続けているのを、島の人々は不思議に思っているに違いない。アレックスはダーシーと一緒に島の北側にあるロシェハーバーで暮らしていて、不動産開発の仕事が忙しくないときには夫婦でシアトルの社交行事にせっせと出かけていた。マークにしてもフライデーハーバーで立ちあげた、コーヒー豆を焙煎する小さな会社の仕事で忙しかったし、サムもブドウ園に引きこもってブドウの世話に夢中になり、人よりもむしろ自然と深く関わる毎日を送っている。

三人にただひとつ共通しているのはサンファン島への愛着だった。サンファン島はワシントン州本土のワットコム郡やスカギット郡に属する島々を含めたおよそ二〇〇の島からなる諸島のひとつだ。ノーラン家の面々はオリンピック山脈のおかげで、太平洋側北西部の大半を占める暗い色の空に覆われた天候とは無縁のこの地で生まれ育った。

マークたちは湿った海の空気を吸い、干潟の泥の上を素足で歩いて成長した。朝露に濡れたラベンダーや、あまり雨の降らない青い空、そしてこの地上でもっとも美しい夕日を眺めながら大きくなったのだ。シギがすさまじい速さで波を追いかけて飛ぶ光景に並ぶものなどない。獲物を狙うハゲワシが低空を飛ぶ姿も、サケの群れを追うシャチが海に潜った勢いを利用して水面から垂直に飛びだし、サリッシュ海を切り裂く勢いで泳ぐダンスに似た動きも最高だ。

兄弟たちは島じゅうをくまなく回った。風に浸食されてできた海沿いの斜面をのぼったりおりたりし、材木にも使われる上空に向かってまっすぐに伸びた木がそびえる森を抜け、チョコレート・リリーやシューティング・スター、シー・ブラッシュといった心惹かれる名前をつけられた野生の花や草が生い茂る牧草地を歩いたものだ。水と土、そして空がこれほど完璧に調和した土地はほかにないだろう。

やがて兄弟たちは大学に進み、それぞれが別の場所で暮らそうとしたものの、結局は何かに引かれるように島へ戻ってきた。確固とした野心を抱いていたアレックスですら戻ったのだ。この島では食卓に並ぶ食べ物をつくる者も、体を洗う石けんをつくる者もみな顔見知りだ。行きつけのレストランの店主とはファーストネームで呼びあう仲だし、必要なときには親切な島の人たちが車に乗せてくれるから、ヒッチハイクだって安心してできる。

島を出る理由を外の世界で見つけられたのは、家族の中でヴィクトリアだけだった。シアトルのガラス屋根の建物や高層ビル、都会のコーヒーと文化、しゃれた雰囲気が漂う隠れ家風のレストラン、迷路を思わせるパイク・プレイス・マーケット。島にはない、そうしたすべてに妹は恋をしたのだ。

前にサムが都会の人たちはしゃべりすぎるし考えすぎると言ったとき、ヴィクトリアはシアトルが自分を賢い人間にしてくれたと反論した。

「ぼくはいま以上に賢くなりたいとは思わないな」サムが言った。「賢くなったって、みじめになる理由が増えるだけだ」

「それでノーラン家の人たちがいつも幸せでいられる説明がつくな」マークはおちをつけてヴィクトリアを笑わせた。

「でも、アレックスは違うわね」やがて笑いがおさまってから、ヴィクトリアが言った。「幸せだと感じた日なんて一日もないんじゃないかしら。そんな気がする」

「あいつは幸せなんか望んじゃいないよ」マークは答えた。「幸せ以外のもので満足することにしているんだ」

ホリーをサンフアン島で育てるという考えをヴィクトリアはどう思うだろうと、物思いから覚めたマークは考えた。サムが返事をしたところをみると、どうやら自分でも気づかないうちに頭に浮かんだ疑問を口に出していたらしい。

「ヴィクトリアが驚くとでも思っているのか？　あいつだって兄貴が島から出ないのは承知していたさ。仕事場も家も島にあるんだし、友だちもみんな島のやつらだ。もし自分の身に何かあったら兄貴はホリーを島で育てると、ヴィクトリアも思っていたはずだよ」

マークは凍てつく思いでうなずいた。子どもが大切なものを失うことの深刻さについて考えるなどいつ以来だろう。

「ホリーは何かしゃべったのか？」サムが言った。「まだあの子の声を聞いてない」

ホリーは母の死を知った日から言葉を話さなくなり、問いかけにもうなずくか首を振るかで答えるだけになっていた。いつもぼんやりしたうつろな表情をして、誰も入っていけない心の殻に閉じこもってしまったかに見える。ヴィクトリアが死んだ日の夜、マークは病院からベビーシッターが姪の面倒を見ている妹の自宅に赴いた。翌日の朝にホリーに母の死を告げて以来ずっと、手を伸ばせば届く距離でつき添っている。

「まだだ」マークは答えた。「明日になっても何も話さないなら、医者へ連れていく」震える息をついて言葉を続ける。「まったくまいるよ。かかりつけの小児科医の連絡先もわからないんだ」

「冷蔵庫にメモが貼ってある」サムが言った。「電話番号が何件か書いてあったぞ。その中にホリーの医者のもあった気がする。緊急のとき、ベビーシッターが連絡できるようにしていたんだろう」

マークは冷蔵庫に近づいてメモをはがし、財布にしまった。「よし」自虐的な言葉が口をついて出る。「これで少なくとも緊急時の連絡先に関しては、ベビーシッターとおなじ程度に知っていることになったわけだ」

「第一歩だな」

テーブルに戻ってゆっくりとウイスキーを口に含む。「お前と話しあわなきゃならないことがあるんだ。聞いてくれ、フライデーハーバーの家はぼくにとってもホリーにとってもいい環境とは言えない。ベッドルームはひとつきりだし、子どもが遊ぶ庭もないからな」

「あの家を売るのか?」

「人に貸そうと思っている」

「それで、どこに行くつもりなんだ?」

マークはしばらく答えず、たっぷりと間を空けてから言った。「お前のところには部屋が余っている」

サムが目を大きく見開いた。「うちはだめだよ」

二年前、サムは長年の夢であったワイナリーの運営に乗りだそうと、その第一歩としてフォルスベイに一五エーカーほどの土地を買った。砂と砂利の土壌は水はけがよく、涼しい気候もワインの原料になるブドウを育てるのにはもってこいだった。その土地にあったのが荒れ果てたヴィクトリア朝様式の一軒家だ。家屋をポーチがとり囲んでいて海が見える窓がいくつもあり、端の一画には小塔がそびえている。屋根には何色もの羽目板が重ねてとりつけられていて、日があたると魚のうろこのように見えた。

ところが、これが〝あばら家〟という言葉ではなまやさしすぎるくらいひどい家だった。いたるところでぎしぎし音はするし、床はそこここが沈んでいる。そのうえ雨が降ってもいないのに水滴が落ちてきて、原因もわからないまま床のあちこちに水たまりができてしまうありさまだ。過去に暮らした住人たちの痕跡も各所に残っていた。最初からの設計とは思えない場所にバスルームがあったり、薄っぺらな板で即席の壁が立てられていたりするし、さらには引き出しがぐらつき、やたらと数ばかりある棚と飾りのモールディングを安物の白ペンキで塗りたくった狭いクローゼットまでつくられている。硬材の床もリノリウムと粗悪なカーペットに覆い尽くされていて、ひとたび横になれば、ただのラグが天国に思えそうなほどの状態だった。

だが、そんな家でも三つほど長所があった。まず独身の男ふたりと六歳の女の子が三人で暮らすのにじゅうぶんな数の部屋があるのがひとつ。次に大きな庭とブドウ園があるのがひとつ。そしてフォルスベイの、島の中でもマークが好きな場所に位置しているというのが最後のひとつだ。

「無理だね」サムが淡々と言ってのけた。「ぼくはひとりが気に入っている」

「ホリーとぼくが一緒に暮らしたって、お前に不都合はないだろう。ぼくたちがいて困るようなことは何もしていないはずだぞ」これからは〝ぼく〟ではなく〝ぼくたち〟と言う機会が増えていくはずだ。ふとそんな考えがマークの頭をかすめた。

「冗談だろう? 子どもを抱えた独身男の生活がどんなものか知らないのか? いい女とはいっさい縁がなくなるんだぞ。いい女は子守なんてしたがらないし、他人の子どもを育てたいなんて思わないからな。そんな状況で奇跡的にいい女とつきあえたとしても、ポートランドやバンクーバーで週末を過ごすわけにもいかない。荒々しいセックスも夜ふかしもできやしないんだ」

「どのみちそんなことはしてないじゃないか」マークはぴしゃりと言った。「ほとんどブドウ園に入りびたりのくせに」

「ぼくは好きで入りびたっているんだ。そこが大事なんだよ。子どもがいたら、好きなことばかりしてもいられない。人がビールを飲んでスポーツ中継を見ているようなときでも、雑貨屋に行ってしみ抜き洗剤だの子どもが好きなお菓子だのを探さなきゃならなくなる」

「永遠に続くわけじゃない」

「そりゃあそうだ。ただ、ぼくが若いあいだは続く」サムがいきなり突っ伏した。テーブルに頭突きする勢いだったが、腕の上に頭をのせただけだった。

「お前は自分がまだ若いと思っているのか？　もう何年も若さとは無縁の生活をしているように見えるぞ」

サムは突っ伏したまま、兄に向かって中指を立ててみせた。「三〇代で子どもの世話をするなんて、ぼくの人生設計にはなかった」くぐもった声で答える。

「ぼくだっておなじだよ」

「子どもを持つ準備もできてない」

「ぼくだってそうだ。だからお前の力が必要なんだよ」マークは緊張で張りつめた息をもらした。「サム、いままでお前に頼みごとをしたことがあったか？」

「ない。でも、どうしてはじめての頼みごとがこれなんだよ」

マークは口調を落ちつかせ、説得にかかった。「こう考えてくれ。あせらず気楽に構えていればいい。ぼくたちはホリーの人生の先導役になる。でも、〝当然の罰〟だの〝黙って言うことを聞け〟だの、くだらない言葉を吐いて説教をする必要はないんだ。ぼくだって子育てを完璧にこなせるとは思っていない……ただ、どうせ間違うなら親父と違って、愛情を注いだうえでの間違いをするつもりだ。ホリーが部屋の掃除をしないからって口汚くののしったりはしないし、嫌いだというならセロリを無理やり食べさせたりもしない。複雑な駆け引きをするつもりはないよ。あの子がまっとうな価値観を持って、自分を養える仕事につけるようになればそれでいい。ぼくたちがホリーをどう育てようと、赤の他人のもとへやられるよりはずっとましだ。いや、赤の他人ならまだいいが、ほかの親戚連中のところにでもやられたら、それこそ目もあてられない」

サムが突っ伏したまま小声で悪態をついた。マークの狙いどおり、弟の心の中にある良心が目覚めてきたらしい。「わかった」ため息をついたせいで、サムの背中が上下した。「わかったよ。でも、条件がある。まず、いまの兄貴の家を人に貸すなら、その家賃はこっちでいただく」

「いいだろう」

「それから、家を直すのを手伝ってくれ」

マークは不安になってサムを見た。「大工仕事は得意じゃない。基本的なことはできるだろうけど――」

「じゅうぶんだよ。それに、兄貴が床の修理に四苦八苦している姿を見れば、ぼくの気も多少は晴れる」家賃と激安の労働力を手に入れられるとわかり、サムは機嫌を直した。「それから、二、三ヵ月一緒に暮らしてみて、ぼくが耐えられそうになかったら、子どもを連れて出ていってもらう」

「六ヵ月だ」

「四ヵ月」

「六ヵ月」

「わかったよ、くそったれめ。六ヵ月でいい」サムは自分のグラスにウイスキーを注いでつぶやいた。「何てこった。ノーラン家の人間が三人もひとつ屋根の下で暮らすのか。こいつはあらたな悲劇のはじまりだな」

「悲劇ならとっくに幕を開けているよ」マークは投げやりに言った。さらに言葉を続けようとしたとき、廊下で小さな物音がした。

キッチンのドアから姿を現したのは、ベッドから起きだしてきたホリーだった。寝ぼけまなこで困惑した表情を浮かべて立っている姿は、ピンクのパジャマを着た幼き漂流の民といったところだ。黒い床の上で小さな足がいっそう白く、はかなげに見える。

「どうした、ホリー？」マークは歩み寄ってやさしく尋ねた。ホリーを抱きあげると、二〇キロもないであろう小さな体で、サルみたいにしがみついてきた。「眠れないのか？」肩にのった頭の重みとブロンドの髪のやわらかさを感じ、シャンプーのストロベリーの香りとクレヨンのにおいをかいでいるうちに、マークの胸は平静でいられないほどやさしい気持ちでいっぱいになった。

ホリーには自分しかいないのだという実感がこみあげてくる。

〝まずはあの子を愛するところからはじめて……〟

それなら簡単だ。心配なのは、その先だった。

マークはホリーを抱いてベッドルームへと向かい、サムもうしろからついてきた。ベッドルームに置かれた小さなベッドは支柱式で、上部にとりつけられた枠からヴィクトリアがつくった、透き通る羽をしたチョウがいくつもぶらさがっていた。マークは小さな体をマットレスの上に寝かせて上掛けを顎まで引きあげてやり、ベッドの端に腰をおろした。言葉を失った女の子は目を開けたまま、まばたきひとつしない。

マークはきれいに澄んだホリーのブルーの瞳をのぞきこみ、額にかかった髪を払ってやった。この姪のためなら何でもしてやりたいという、驚くほど強い感情がこみあげてくる。失ったものをとり返してやることも、この子がいままで歩んできた道に戻してやることも不可能だ。だが、この子の面倒はかならず最後まで見る。絶対に見捨てたりしない。

さまざまな思いが次から次へと浮かんでマークの心に押し寄せた。しかし、言葉となって出てきたのは、自分でも意外なひと言だった。「お話をしてほしいかい？」

ホリーがこくりとうなずき、ドアに寄りかかっているサムをちらりと見た。

「昔々……」マークは語りだした。「あるところに三匹のクマがいました」

「おじさんグマが二匹と」サムが戸枠に体を預けたまま、観念したように言った。

「子どものクマが一匹だ」

マークはホリーの髪をなで、小さく微笑んで話を続けた。「三匹は海の近くにある大きな家で一緒に暮らしていました……」

2

ドアにさげた来客を告げるベルが鳴り、夢に出てきそうな魅力的な男性が店に入ってきた。もっともマギーにとっては夢でも、現に娘と思われる女の子の手を握っているのだから、どこかの女性の現実生活の中で生きている男性というのが正しいかもしれない。店の隅でゆっくりと動いている回転木馬を見ようと女の子が急いでいるのとは反対に、父親は木馬に輪をかけてのんびりとした歩調だ。

窓から斜めに差しこむ九月の太陽の光が男性の短めの黒髪を照らす。きちんと整えられた巻き毛の先が首のうしろに触れていた。男性が天井からぶらさがっているおもちゃの下を、頭をぶつけないように身をかがめて通り過ぎていった。落ちつきながらも適度な緊張を保った、運動選手みたいな動きだ。何かを不意に投げつけられても、うろたえもせずにあっさりつかみとってしまいそうに見える。

好奇心に満ちた目で見られているのを感じたのか、男性がマギーに視線を向けた。

少しばかりいかつい男らしい人で、店の端と端にいてもわかる鮮やかなグリーンの瞳をしている。背は目立つほど高いのに威圧感はなく、静かで自信に満ちた雰囲気を身にまとっていた。夕方になって髭が伸びかけているし、ジーンズもすりきれる寸前でいささかみすぼらしく見えないこともないけれど、男性にはそれを補って余りある魅力があった。

でも、すでにほかの誰かのものだ。

マギーはあわてて視線を引きはがし、小さな木製の織機を拾いあげて慎重に糸を織りはじめた。

男性が両手をジーンズのポケットに入れて娘に近づいていき、その途中で電車の模型に関心を示した。天井に近い高い棚に線路を組み、店内をぐるりと走らせている模型だ。

開店してから三ヵ月、マギーが経営するトイショップ〈マジック・ミラー〉の客足は好調だった。テーブルには双眼鏡や手づくりのヨーヨー、木製の車や動物のぬいぐるみ、それに頑丈な凧といった昔ながらのおもちゃが山積みになっている。

「マーク・ノーランと姪のホリーよ」店員のエリザベスがマギーに小声で言った。エリザベスは年金生活を送りながらパートタイムで働く老婦人だ。根っから陽気な性格で、サンフアン島の住民を全員知っているのではと思えるほど顔が広い。夏のはじめに本土のベリングハムから島に越してきたばかりのマギーにとって、エリザベスはかけがえのない貴重な人材だった。

エリザベスは店を訪れる客たちのことなら家族の歴史から趣味まで知り尽くしていて、年配の客たちの孫の名前もすべて知っていた。〝そろそろザカリーの誕生日じゃなかったかしら？〟とか、〝マディソンの具合が悪いそうね。かわいそうに……横になっているとき読んであげるのにぴったりの本がちょうど入ってきたわよ〟といった具合に声をかけることもしばしばだ。とにかくエリザベスが〈マジック・ミラー〉にいると何も買わずに出ていく人は皆無に近く、入荷した品によっては、それがぴったりだと思う知人を店に呼んだりもする。この島では、人が発する言葉こそ、もっとも効果的な販売促進の手段なのだ。

マギーはわずかに目を見開いた。「姪ですって？」

「ええ、マークが面倒を見ているのよ。かわいそうに、半年ほど前に母親が交通事故で亡くなってしまったの。シアトルから連れてきて、いまは〈レイン・シャドー〉というブドウ園にある弟のサムの家で三人一緒に暮らしているわ。あのふたりが小さな女の子を引きとるって聞いたときは心配したけど、いまのところはうまくやっているみたいね」

「ふたりとも独身なの？」そんなことを尋ねる立場でもないのに、気がつけばマギーの口から質問が飛びだしていた。

エリザベスがうなずいた。「もうひとり、アレックスといういちばん下の弟がいて、彼は結婚しているわ。でも、あそこの夫婦は問題を抱えているみたいね」ホリーに憐れみをこめた視線を投げかける。「あの女の子の周りには女性が必要なのよ。男性に囲まれているのも口をきかない理由のひとつじゃないかしら」

マギーは眉間にしわを寄せた。「知らない人とは話さないってこと？」

「いいえ、誰ともしゃべらないの。母親が亡くなって以来ずっとね」

「まあ」マギーはささやいた。「わたしの甥も学校に通いだしてから、学校ではいっさい話をしなくなった時期があったわ。でも、家では両親と話していたわよ」

エリザベスが残念そうにかぶりを振る。「わたしが知っているかぎりでは、あの子は誰とも口をきかないわ」老婦人は先がとがったピンクの帽子を白い巻き毛の上にのせ、ゴムを顎にかけた。つばにヴェールがついた帽子のとがった先端が、チョウの触覚みたいに躍っている。「マークたちはあの子が自分から話すのを待っているの。お医者さんが無理強いしてはいけないと言っているみたいね」

先に光る星がついた杖を手に、エリザベスは誕生会が行われているパーティールームへと戻っていった。

「さあ、ケーキの時間よ。みんな！」大声で告げてドアをうしろ手に閉める。ドアが完全に閉まる前に、隙間から子どもたちの歓声が聞こえてきた。

マギーはぬいぐるみのウサギと絵本を買った客を送りだしたあと、ふたたびホリー・ノーランを見つけようと店内に視線を走らせた。

ホリーは壁にかかった小さな妖精の家をじっと見つめていた。金色に塗ったボトルの栓と乾燥させた苔で屋根を飾り、壊れた懐中時計の蓋をドアにした、マギー手づくりの家だ。つま先立ちになった女の子は、目を細くして小さな窓をのぞきこんでいた。

マギーがカウンターから出て近づいていくと、ホリーの小さな背中がかすかにこわばった。

「それが何かわかる？」マギーはおだやかな声で尋ねた。

ホリーはマギーを見ようともせずに首を振った。

「みんな人形の家だと思ってしまうんだけど、じつは妖精の家なのよ」

ようやくホリーがマギーに顔を向け、視線をローカットのコンバースから赤い巻き毛へと移した。

ホリーと目を合わせたマギーの心に、思いがけずやさしい気持ちがこみあげてきた。母の死で永遠を信じられなくなった小さな子どもが、壊れてしまう寸前の心をかたくなに閉ざそうと懸命になっている。それでもマギーにはわかった。まだ幼いホリーは、魔法に対して完全に心を閉ざしてしまったわけではない。

「この家に住んでいる妖精はね、お日さまが出ているあいだはいつも出かけてしまっているの」マギーは言った。「夜になるとここに戻ってくるのよ。でも、わたしがあなたに家の中を見せても絶対に怒ったりしないわ。見てみたい？」

ホリーがうなずいた。

マギーは壁にかかった家の横に腕を伸ばした。慎重に留め金をはずして正面の壁を開くと、小さな家具が置いてある三つの部屋が現れた。それぞれの部屋には、小枝のベッドや金めっきを施したエスプレッソ用のカップのバスタブ、マッシュルームの形をしたテーブルやワインに栓をするコルクの椅子などが置いてある。

ホリーが少しずつ笑顔に変わっていった。下の前歯が抜けているのが何とも愛らしい。「ここに住んでいる妖精はまだ名前がないの」マギーは開いた家の壁を閉じながら言った。「人間が呼ぶ名前のことよ。妖精の名前はあるんだけど人間には発音できないから、どう呼んだらいいか考えているところなの。決めたら、名前を玄関のドアに書いてあげるつもりよ。ラベンダーかローズにしようと思っていたんだけど、どうかしら?」

ホリーが首を振って妖精の家を見つめ、唇をかんで考えこんだ。

「何かいい名前があったら……」マギーはホリーに言った。「ドアに書いていいわよ」

ふたりのところにホリーのおじがやってきて、かばうように姪の小さな肩を抱いた。

「大丈夫かい、ホリー?」

低くて深みのある素敵な声だ。しかし、こちらを見る瞳にはかすかに警告が浮かんでいる。マギーは、一八〇センチ以上はあろうかという、いかにも頑固そうな男性と対峙しているのに気づき、一歩あとずさった。マーク・ノーランは典型的な二枚目ではないけれど、堂々とした態度とどこか陰のある整った顔立ちはじゅうぶんに魅力的だ。頰には三日月の形をした小さな傷跡がある。その小さな三日月が窓から入ってくる陽光を受けてかすかに浮かびあがって見え、いかにも屈強そうな印象をかもしだしていた。そして瞳は……旅行のパンフレットに載っている海みたいな、ブルーとグリーンが入りまじった珍しい色だ。危険を秘めていそうに見える瞳ではあるけれど、この人となら間違いを犯しても後悔せずにすむかもしれないと思わせる何かも潜んでいる。

マギーはどうにか自然な笑顔をとりつくろった。「こんにちは、マギー・コンロイよ。ここはわたしの店なの」

マークは姪が妖精の家に見入っているのに気づき、名乗りもせずに尋ねた。「これは売り物なのかな？」

「残念ながら違うわ。店の飾りなの」マギーは視線をさげ、ホリーを見て言った。「でも、つくるのはそんなに大変じゃないのよ。つくりたい家の絵を描いて持ってきてくれれば、わたしが手伝ってあげる」その場にしゃがんで小さな顔をのぞきこむ。「妖精が住んでくれるかどうかはわからないけどね。それはお祈りをしながら待つしかないの」

「妖精なんて……」マークは言いかけたものの、ホリーが微笑んで腕を伸ばし、マギーの耳にさがっているクリスタルのイヤリングをゆらしたのを見て言葉をのみこんだ。

やや真ん中からずれたポニーテールに髪をまとめたホリーの悲しげな瞳をのぞきこみ、マギーはこの女の子が幾重にもめぐらせた心の壁の内側に何かを抱えているのを理解した。見つめあっているだけで胸が締めつけられてくる。

〝あなたの気持ちはわかるわ〟マギーはホリーに伝えたい衝動に駆られた。〝わたしも大切な人を亡くしてしまったの〟愛する者の死と向きあうのに正しい方法などない。

大事な用事を忘れないようメモを上着に忍ばせるみたいに、喪失感をいつまでも抱えて生きていくしかないのだ。それでもまた幸せになる機会は訪れるし、喜びだって手に入れられるとホリーに教えてあげたかった。ほかでもないマギー自身が、そう信じないことにはやっていけない。

「妖精の本を見たい？」マギーが尋ねると、ホリーは顔を輝かせた。

立ちあがろうとするとホリーが手を握ってきたので、マギーは小さな冷たい手をそっと包むように握り返した。

マギーが目をやると、マーク・ノーランがいかにも意外そうな表情で、友好的とは言えない目をふたりの握りあった手に向けていた。ホリーが赤の他人と手をつないでいるのに驚いているのかもしれない。マークが異を唱える気配を見せなかったので、マギーはそのままホリーの手を引いて店の奥へと向かった。

「本は……あそこよ」子ども用の小さなテーブルと椅子がふたつ置いてあるコーナーまで歩いていってホリーを座らせ、ずっしりと重い色とりどりの表紙の本を本棚から引き抜いた。「さあ、これよ」明るい声で告げる。「妖精のことなら何でも書いてあるわ」その本には美しい挿絵がたくさん載っていて、開くと紙細工が持ちあがって光景が立体的に飛びだしてくるページもいくつかある。マギーはホリーの隣に座り、本を開いてやった。

マークがふたりの近くで立ったまま、携帯電話のメッセージを確かめている。しかし、本当は見張っているのだと、マギーはすぐに見当がついた。姪が他人と関わるのを望んでいないわけではないけれど、自分の目が届くところでなければならないと思っているのだろう。

ホリーとマギーは〝妖精たちの一日〟の章を一緒に見た。紙細工の妖精たちが長いリボンのような虹を縫いあわせたり、庭の手入れをしたり、チョウやテントウムシたちと一緒にお茶会を開いたりしているページだ。

マークが本棚からビニールをかけた新品のおなじ本を抜きだして買い物かごに入れるのを、マギーは視界の端でとらえていた。たくましい体の線や、着古したジーンズとグレーのTシャツで覆われた筋肉の動きが気になってしかたがない。

実際にどんな仕事をしているのかはわからないけれど、底がすり減った靴と着古して色落ちしたリーバイス、それに地味で実用的な腕時計といったように、マークは体を使う仕事を連想させるものを身につけていた。これはマギーが気に入っている島の人たち――本人たちはサンファアン人と自称している――の特徴のひとつだ。外見からはお金持ちも庭師も見分けがつかない。

客の老婦人がレジに近づいていくのを目にとめ、マギーは本をホリーのほうにずらした。「ごめんね。ちょっとお手伝いしてくるわ」ホリーに声をかける。「好きなだけ読んでいていいから」

ホリーが指先で本のページから飛びだしている紙の虹をなぞり、こくりとうなずいた。

マギーはカウンターの奥に入り、グレーの髪をきちんとまとめて分厚い眼鏡をかけた老婦人と向きあった。

「プレゼントにするから包んでちょうだい」老婦人が木製の電車セットが入った箱をマギーに渡した。

「最初のセットにはこれがいちばんですよ」マギーは応じた。「線路を四種類の形につなげられるんです。あとから回転する橋もつけ足せます。そちらには自動で動くゲートもついているんですよ」

「そうなの？　だったらいま一緒に買ってしまったほうがいいかしら」

「お見せします。入口の近くに置いてありますから」マギーは老婦人を電車の箱が積んであるテーブルに案内していく途中で、本の売り場から離れたホリーがおじと一緒に壁際の妖精の羽が置いてある一画にいるのを目にした。高いところにある羽がよく見えるよう、マークがホリーをうしろから抱きあげている。Tシャツ越しに背中の筋肉がたくましく盛りあがっているのがわかり、マギーの胃のあたりがざわつきはじめた。

マークを見ないようにするのもひと苦労だ。マギーは電車セットをプレゼント用に包装するのに意識を集中させた。包み終わるのを待つ老婦人がカウンターのうしろの壁に書かれた文字に気づいて目を細める。〝これに勝る感覚などない……すべてが動きをとめ、無上の喜びにいたる……〟

「素敵な文章ね」老婦人は言った。「詩かしら?」

「ピンク・フロイドですよ」マークが満杯の重そうな買い物かごをカウンターに置いて言った。「『幻の翼』という曲の歌詞です」

マギーはマークと目を合わせた。たちまち全身が紅潮していく。「ピンク・フロイドが好きなの?」

マークがかすかに微笑んだ。「ハイスクールのときに好きだったんだ。黒ずくめの格好をして、孤独ってやつに思い悩んでいた頃にね」

「その頃のあなたを覚えているわよ」老婦人が口をはさんだ。「ご両親は知事に電話をかけて、あなたを州兵にしてしまおうかと考えていたんだったわね」

「結局は迷惑をかけるだけだと思いとどまってくれたから、両親の州を思う心に感謝するばかりですね」マークの笑みが大きくなる。笑顔が自分に向けられているわけでもないのに、マギーは頭がたちまちくらくらしはじめた。

包んだ電車の箱を紙袋に入れるときも、わずかに手もとが狂ってしまった。「どうぞ」マギーはつとめて明るい声を出し、紙袋を老婦人のほうに押しやった。

マークが紙袋に腕を伸ばす。「重そうですね、ミセス・ボロウィッツ。車まで運びましょう」

小柄な老婦人がうれしそうな顔をした。「ありがとう。でも、自分で持てるわ。それはそうと、弟さんたちは元気なの？」

「サムは元気ですよ。いつもブドウ園に出ています。アレックスは……最近顔を合わせていませんね」

「アレックスはすっかりロシェハーバーの開発に夢中みたいね」

「そうなんです」マークが不満そうに口をゆがめる。「あいつはこの島を高級住宅と駐車場でいっぱいにするまで、休むつもりもないのかもしれません」

老婦人は視線をさげてホリーを見た。「こんにちは、おちびちゃん。元気かしら？」

ホリーは無言のまま、はにかんだ様子でうなずいた。

「あなたはたしか、一年生になったばかりよね？　先生は好き？」

ホリーがまたおずおずとうなずく。

老婦人がやさしそうに笑った。「まだおしゃべりはできない？　でも、そろそろどうにかしないとね。だって、ちゃんと言葉にして伝えないと、何を考えているのかほかの人にわかってもらえないもの」

ホリーはうつむいてしまった。

老婦人の言葉に悪気はない。だが、マークが顎を引きしめるのがマギーにもわかった。

「そのうちどうにかなりますから」マークはふつうの声音を保って言った。「ミセス・ボロウィッツ、やっぱりこの紙袋は大きすぎます。ぼくに運ばせてくれないと、ボーイスカウトの頃にもらったお手伝いの勲章をとりあげられてしまうかもしれない」

老婦人が声をあげて笑った。「マーク・ノーラン、あなたが勲章をもらっていないことは知っているのよ」

「勲章をもらい損ねたのは、あなたが手伝わせてくれなかったからですよ」

マークは結局紙袋をとりあげ、老婦人をドアへといざなった。なおもふたりで親しげに憎まれ口をききながら歩き、途中で肩越しに振り返る。

「ホリー、そこで少し待っていてくれ。すぐに戻る」

「心配いらないわ」マギーは言った。「わたしが見ているから」

ほんの少しのあいだ、素敵なグリーンの瞳がマギーのほうに向けられた。「ありがとう」マークは礼を言い、店から出ていった。

マギーはジェットコースターから降りたあとのように息を一気に吐きだした。これでようやく心を立て直し、落ちつきをとり戻す時間ができた。

カウンターに寄りかかってじっとホリーを見つめる。ホリーはかたくなに表情から感情を消したままだ。瞳は明るい色をしているものの、どこかくすんでいて、砂浜に落ちているガラス片を思わせた。マギーは、やはり学校で言葉を話せなかった甥のエイダンの場合を思い返してみた。エイダンは不安が原因で、家の外の決まった場所では話したくても言葉が出なくなる、場面緘黙《かんもく》症という病気だった。周囲からは本人の意思の問題だと思われてしまいがちな症状だが、実際にそういう病気はある。エイダンの場合は、家族や先生たちが辛抱強く問いかけや提案を繰り返すうちに少しずつ応じるようになり、やがて完全に言葉をとり戻した。

「あなたを見ていると、ある人を思いだすわ。誰かわかる?」マギーは気さくな口調で話しかけた。「リトル・マーメイドよ。映画は観たでしょう?」かがんでカウンターの下を探り、ショーウインドーに飾る予定の砂浜の模型からピンク色の巻き貝をつまみあげた。「あなたにあげたいものがあるの。わたしからのプレゼントよ」カウンターから出てホリーによく見えるよう、貝を顔の高さに掲げる。「ふつうの貝にしか見えないでしょう? でも、この貝は特別なの。耳にあてると波の音が聞こえるのよ」マギーが手渡すと、ホリーはおずおずと貝を自分の耳へ持っていった。「聞こえる?」

聞こえるけど、それがどうしたのとばかりに、ホリーがそっけなく肩をすくめる。どうやら〝貝の中に海がある〟という夢のある幻想はいまどきの子どもには通用しないみたいだ。

「どうして波の音がするか知ってる?」マギーが尋ねるとホリーは首を振り、興味ありげな顔をした。「ある人たち——とっても現実的で科学的な人たちは、貝の中に外の音が入りこんで響いているだけだと言っているわ。だけど、そうじゃないと思っている人たちもいるのよ」マギーは自分を指さし、意味ありげな視線をホリーに送った。「ちょっとした魔法がかけられているんだって信じている人たちがね」

しばらく考えこんだあとで、ホリーもみずからの胸に手を置き、意味ありげな視線をマギーに返してきた。

マギーはにっこりした。「こうしましょう。この貝を家に持って帰って、声を出す練習をすればいいわ。こんなふうに……」いったんホリーから貝を受けとり、中に言葉ではなくハミングを吹き入れてみせる。「いつか魔法の力が声をとり戻すのを助けてくれるかもしれないわ。リトル・マーメイドみたいに」

あらためてマギーが貝を差しだすと、ホリーは腕を伸ばし、両手で受けとった。

そのときマーク・ノーランがふたたび店に入ってきて、貝をのぞきこんでいるホリーの真剣な表情に目をやった。姪が貝の中に吹き入れるやわらかなハミングを耳にしてその場に凍りつく。無防備になった一瞬のうちに、マークの表情が心配から恐怖、そして期待へと移り変わっていくのをマギーは見てとった。

「何をしているんだい、ホリー？」マークは何気ない声音を装って尋ね、ふたりに近づいてきた。

ホリーがハミングをやめ、おじに貝を見せた。

「魔法の貝なの」マギーは言った。「家に持って帰ってもいいってホリーに言っていたところよ」

マークは眉間にしわを寄せ、いらだちで顔を曇らせた。「素敵な貝だね」ホリーに話しかける。「でも、魔法の貝なんかじゃないんだよ」

「いいえ、魔法の貝よ」マギーは口をはさんだ。「見た目がふつうなものに魔法の力が宿っていることって、思いの外あるものよ。心を開いてしっかりと見ればわかるわ」

形ばかりの笑みがマークの顔に浮かんだ。「なるほど」陰気な声で答える。「それは結構なことだ」

とりつくろおうとしても、もう遅い。マークが子どもに空想の羽を伸ばすのを許さないタイプの大人だということが、マギーにはよくわかった。いまどき珍しい話ではない。架空の生き物や人間の言葉を話す動物たち、サンタクロースといったものが本当にいると信じさせて子どもたちを混乱させるより、幼いうちから厳しい現実を教えこんだほうがいいと考える大人は少なからずいるものだ。しかし、マギーは違っていて、空想は子どもたちの想像力を刺激し、なぐさめになったり、ひらめきの源泉になったりするものだと信じている。ただし、子どもに何を信じさせるかはその家の大人しだいであって、他人が決めることではないのも承知していた。

マギーは気まずくなり、カウンターに置かれた買い物かごの中の商品の会計にかかった。妖精の本とパズル、木の持ち手の縄跳び、虹色の羽のついた妖精の置物を順にかごから出していく。

ホリーが貝にハミングを吹きこみながらカウンターを離れるのをしばらく目で追いかけたあと、マークが視線をマギーに戻した。「きみを責めているわけじゃないんだ。でも……」

他人を責めるとき、人はたいていそう言って切りだすものだ。

「ぼくは子どもには正直に接するべきだと思っているんだ。ミス……」

「ミセスよ」マギーは言った。「ミセス・コンロイ。それから、わたしも子どもには正直に接するべきだと思っているわ」

「それなら、どうしてあの子に魔法の貝の話なんかするんだ？　壁にかかった家に住む妖精にしたってそうだ」

マギーは眉をひそめ、レジから出てきたレシートをちぎった。「子どもには想像力と遊び心が必要だと信じているからよ。あなたはそんなに子どもに詳しくないでしょう、違う？」

マギーの言葉は図星だっただけでなく、意外なほど大きな衝撃をマークにもたらしたらしい。表情こそ変わらないけれど、顔がみるみるうちに赤くなっていく。「たしかにぼくは五ヵ月前にホリーの後見人になったばかりで、まだ勉強中の身だ。でも、ホリーに現実でないものの存在を信じさせるつもりはないよ。それがぼくの信条だ」

「ごめんなさい」マギーは誠意をこめて謝った。「あなたの気分を損ねるつもりはなかったの。だけど、目に見えないから現実ではないとはかぎらないんじゃないかしら？」すまなそうに微笑んで言葉を続ける。「レシートはどうする？　紙袋に入れていい？」

どこか張りつめた魅惑的なグリーンの瞳に見つめられたマギーは、たちまち何も考えられなくなった。「入れておいてくれ」ふたりの距離は近く、マークの香りが漂ってくる。石けんと海の潮、そしてかすかにコーヒーのにおいが入りまじった香りだ。マークがたくましい腕をカウンター越しにゆっくりと伸ばした。「マーク・ノーランだ」

握手をしたマークの手は力強くてあたたかく、ごつごつしている。マギーの体の奥がわずかにうずきはじめた。

そのときドアベルが鳴り、マギーは大いに安堵した。ちょうどいいタイミングで人が入ってきてくれた。「いらっしゃい」明るい声音で挨拶をする。「〈マジック・ミラー〉へようこそ」

マークはまだマギーを見つめている。「きみはどこの出身だい？」

「ベリングハムよ」

「なぜフライデーハーバーに?」

「店を開くのにいい土地だと思ったから」マギーは軽く肩をすくめた。理由は簡単に説明できないと仕草で伝えたつもりだったけれど、マークはあきらめようとしない。おだやかな口調ながらも断固として質問を重ねた。

「ここに家族がいるのかい?」

「いいえ」

「じゃあ、恋人を追いかけてきたんだな」

「いいえ、わたしは……待って、どうしてそう思うの?」

「きみみたいな女性がこの島に越してくるのは、だいたい男が原因だ」

マギーは首を振った。「わたしは未亡人なの」

「すまない」マークの静かな瞳の奥に感情の炎がともって熱くゆらめきだしたものの、不思議とマギーは不快に思わなかった。「いつから?」

「あと少しで二年になるわ。その……この話はしないことにしているの」

「事故で?」

「癌よ」マークの健康でたくましい生命力をありありと感じ、マギーは全身がすっかりほてっていた。こんなふうに男性に惹かれるのは久しぶりだ。あまりに張りつめた感覚に圧倒され、どうしたらいいのかわからない。「スマグラーズ湾の近くに住んでいる友だちがいるの。島の東側――」

「どこかは知ってるよ」

「そうね、ここで生まれ育ったなら、知っていて当然よね。とにかく、その友だちのエレンは、わたしがどこか別の土地で再出発したがっているのを知っていたの。わたしの夫が……その……」

「エレン・スコラーリかい？　ブラッドの奥さんの？」

マギーは驚いて目を見開いた。「知りあいなの？」

「この島で知らない人はそんなにいないからね」マークは眉間にしわを寄せ、いぶかる表情になった。「きみの話は聞いてないな。いつ――」

ささやき声がマークの言葉をさえぎった。

「マークおじさん」

「ちょっと待っていてくれ、ホリー。いま話を……」言葉がとぎれ、マークはその場で固まった。コメディでよく見る少し遅れた反応だ。驚愕の目を下に向け、かたわらに立つ姪を見つめる。「ホリー？」呼吸がとまったかのような声で問いかけた。

ホリーがおどおどした笑みを浮かべてマークを見つめ、つま先立ちになってカウンター越しに貝をマギーに差しだした。ためらいがちではあるけれど、はっきりと聞きとれる声でもう一度ささやく。「名前はクローバーよ」

「妖精の名前？」マギーは興奮のあまりうなじの毛が逆立つのを感じつつ、小さな声できき返した。喉にこみあげるものをのみこみ、うなずいたホリーに向かってどうにか言葉を続けた。「教えてくれてありがとう、ホリー」

3

ホリーの声を聞いた衝撃で、マークはみずからが置かれている状況も、カウンターの奥に立つ女性のことも、頭から吹き飛んでしまった。この半年ほど、ホリーにしゃべらせようとずっと努力してきた。なぜいまなのか、どうしてこの場所なのかはあとでサムと話しあって考えればいい。いまは自分の反応がホリーに重圧を与えてしまわないよう、平静を保たなければならない。ただ、これは……驚異的なことだ。

マークは得体の知れない力に突き動かされてその場に膝をつき、ホリーを抱きしめた。ホリーが子どもらしい細い両腕を彼の首に巻きつけてくる。姪の名をつぶやく声が震えてしまい、目に熱い涙がこみあげた。いまにもわれを忘れて泣きだしてしまいそうな自分に、ただ驚くばかりだ。

しかし、泣くのはどうにかこらえられても、姪がふたたび話しはじめたのを目のあたりにした強烈な安堵で、体が震えてしまうのはどうしようもなかった。ホリーはもう大丈夫だと確信してもいいのかもしれない。

ホリーがきつすぎる抱擁から逃れようと身をよじる。マークは姪の頬に思いきりキスをし、何とか体を引き離して立ちあがった。高ぶった感情に締めつけられた喉から声が出せるかどうか試そうとしたものの、結局は言葉を発したら泣き声になってしまうという結論に落ちついた。つばをのみこんで壁のピンク・フロイドの歌詞に目をやる。白い壁に書かれた文字を読むのではなく色に集中し、とにかく気をまぎらそうとした。

内心の動揺を押し隠し、やっとの思いでマークがカウンターの奥にいる赤毛の女性に目を向けると、その女性――マギーはホリーのために買った品を入れた紙袋を手に立っていた。表情からは、たったいま起きた出来事がいかに重要かを理解しているのが見てとれる。

目の前の女性にどういう印象を持てばいいのかわからず、マークは戸惑った。マギーは身長一六〇センチくらいで、赤い巻き毛には古代の絵文字みたいに複雑なくせがついていて、細身の体に白のTシャツとジーンズという格好をしている。

巻き毛に半分隠れている顔立ちは整っていて愛らしく、興奮で頬が赤く染まっているのを除けば肌の色は真っ白だった。長いまつげが縁どる目は……ビターチョコレートみたいなダークブラウンだ。彼女を見ているうちに、マークはかつて大学で知りあった女性たちを思いだした。楽しくてつい夜中まで話しこんでしまうけれど、デートはしなかったタイプの女性たちだ。デートをするのは、ほかの男子学生たちがうらやむ派手な美女と決まっていた。女性たちとそうしたつきあい方をしたために、大切な何かを手にする機会を失っていたのではないかと気づいたのは、大学を出て少し経ってからだった。

「またきみと話がしたいな」マークは自分でも意外なほど真剣な声で言った。

「わたしならいつもここにいるわ」マギーが明るい声で答えた。「いつでも歓迎するわよ」ホリーに向かってカウンターに置かれた貝を押し戻す。「持って帰っていいのよ。お名前はホリーでいいのよね？　また別のことで魔法の力が必要になるかもしれないから」

「お待たせ！」マークの背後から、シェルビーの明るい軽やかな声が聞こえてきた。シェルビー・ダニエルズは美人で楽しい、マークがかつて出会った誰よりも性格のいい女性だ。たちまち周囲の状況になじんでしまうので、どんな場所へも、どんな集まりにも一緒に出かけられる。

シェルビーがブロンドの髪を耳にかけながら近寄ってきた。カーキ色のカプリパンツに清潔な白いシャツ、ローヒールの靴というでたちで、シンプルな真珠のイヤリング以外に装飾品は身につけていない。「ふたりとも、遅れてごめんね。近くの店でいい服を見つけて、どうしても試着しないと気がすまなくなってしまったの。結局、思っていたほど似合わなかったから買わなかったわ。あなたはちゃんとお買い物をしたみたいね、ホリー」

ホリーはもとのだんまりに戻ってしまい、無言でうなずいた。

もしかすると、シェルビーの前では話さないつもりなのかもしれない。マークは不安と皮肉めいたおかしみを同時に感じつつ、さっき起きたことをシェルビーに伝えるべきかどうか考えた。いや、ホリーが重荷に感じてしまう可能性がある。このままそっとしておいたほうがいいだろう。

シェルビーが店内を見回した。「こぢんまりしていて素敵なお店だわ。今度来たときは、わたしも甥っ子たちに何か買ってあげなくちゃ。あっという間にクリスマスですものね」マークの腕をつかんで顔を見あげる。「そろそろ行かないと。飛行機に乗り遅れてしまうわ」

「そうだった」マークはカウンターに置かれた紙袋を抱え、ホリーに手を差しだした。

「その貝もぼくが持とうか、ホリー？」

ホリーは自分で持っていたらしく、貝を胸の前で握りしめた。

「わかった。でも、落とすんじゃないぞ」マークは振り返り、カウンターの奥にいる赤毛の女性に目をやった。マギーはレジ脇のカップに差してあるペンを整えたり、ぬいぐるみの動物たちを並べ直したりといった、必要とも思えない仕事をしていた。窓から差しこむ日差しが鮮やかな赤い巻き毛を照らしている。

「それじゃあ」マークは告げた。「どうもありがとう」

こちらを見ようともせずおざなりに手を振るマギー・コンロイの姿を見て、マークは自分が彼女の心を乱してしまったのだと気づいた。


シェルビーを滑走路一本きりの空港まで送り届けたあと、マークはホリーを車に乗せて〈レイン・シャドー〉に向かった。ブドウ園は島の南西部のフォルスベイにあり、フライデーハーバーからは一〇キロばかり離れている。日曜日の運転には人や自転車、馬などにも注意が必要だ。この島では、飼い犬みたいにおとなしい黒い尻尾のシカが、生い茂る夏草やブラックベリーでいっぱいの牧草地から移動しようと、道路をのんびり歩いていることも珍しくない。

マークはピックアップ・トラックの窓を開け、潮の香りで車内を満たした。「見えるかい？」空高く舞いあがっていくハクトウワシを指さす。

「うん」

「爪で何をつかんでいたかわかる？」

「お魚？」

「たぶんね。海で獲ったか、ほかの鳥からかすめとったかのどっちかだな」

「どこに持ってくの？」ホリーが言った。自分が話せることに驚いているような、たどたどしい口調だ。

「きっと巣だよ。ワシは、オスもメスとおなじようにひなの面倒を見るんだ」

ホリーが気のない様子でうなずいた。幼い姪が知る小さな世界では、性別に関係なく大人が子どもの面倒を見るのはしごくあたり前の話なのだろう。

マークはハンドルを握る手に力が入るのを大変な苦労をして抑えこんだ。ホリーの声を聞くたび、頭のてっぺんからつま先までが喜びに包まれる。姪が話さなくなって約半年、どんな声だったか忘れてしまうかもしれないと思いはじめていた矢先だっただけに、感激は大きかった。

医師はメニューの何が欲しいかを尋ねて指で示させるといった、言葉を使わないやりとりからはじめて、徐々に言葉を引きだしていこうと言った。

その日から今日までで、マークがホリーの口から何がしかの音が出るのを聞いたのは、一度きりしかなかった。最近、ロシェハーバー・ロードを車で走っていて、ラクダのモナが牧草地にいるのを見かけたときだ。モナは八、九年前にミル・クリークで外国の動物を専門に扱うディーラーから買われて島に来たラクダで、いまでは地元で有名な存在になっている。マークはばかみたいだと思いつつも、ホリーを喜ばせようとラクダの鳴き声をまねてみせた。ホリーはわずかな時間とはいえ、一緒になって鳴き声をまね、マークの努力は報われた。

「どうして話せるようになったんだい、ホリー？　マギーと関係があるのかな。さっきの赤い髪の女の人だ」

「魔法の貝のおかげよ」ホリーが小さな両手で大事そうに持った貝に視線を落とした。

「でも、それは……」マークは言いかけた言葉をのみこんだ。この貝に本当に魔法の力が宿っているかどうかは問題ではない。重要なのは、魔法の貝という考え自体がホリーの心に届き、沈黙から脱する救いとなってくれたことだ。魔法や妖精といった言葉は、ずっと前にすべての幻想を捨て去ったマークの頭の中には存在しない。だが、マギー・コンロイはそうした幻想をずっと抱きつづけているようだ。

マークが大人の女性に対して心を開くホリーの姿を見たのも、これがはじめてだった。ヴィクトリアの友人たちや学校の先生、そしてかなりの時間を一緒に過ごしたシェルビーにも見せなかった姿だ。いったいマギー・コンロイは何者なのだろう？　なぜまだ二〇代と思われる独身女性が、住民の半分は四五歳以上というこの島に進んで越してきたんだ？　あたらしく店を開くにしても、どうしてトイショップを？

もう一度マギーに会いたい、会って彼女のすべてが知りたいと、マークは切実に思った。

日曜の夕方近く、蜂蜜の色に似た太陽の光が潮だまりやフォルスベイの干潟を照らしていた。水をたっぷりと吸った二〇〇エーカーにもおよぶ干潟は野生動物たちの宝庫だ。干潮になるまではふつうの海にしか見えないけれど、いまはすっかり海水も引いている。カモメやサギ、ワシたちが、餌となる干潟のカニやイソメ、エビや二枚貝といった海の生き物たちを求めて、地面を物色しながら歩き回っていた。人間であれば海水がふたたび満ちてくるまでに、泥の上を少なくとも一キロ弱は歩いていけるだろう。

ピックアップ・トラックは〈レイン・シャドー〉の砂利を敷きつめた私道に入り、家に近づきつつあった。外から見ると、あいかわらずのあばら家だ。しかし、内部の修理は少しずつ進んでいる。マークが最初に手をつけたのは、ホリーのベッドルームだった。壁は明るいブルー、飾りのモールディングはクリーム色に塗り、シアトルから持ってきた家具を運びこんで、ベッドのチョウたちもあらためてつけ直した。

これまでの修理でいちばん大がかりだったのは、ホリーのためにまっとうなものにつくり替えたバスルームだ。マークはサムと一緒にバスルームの壁をはがしてボルトの一本にいたるまで分解したあと、新品のパイプを設置して床を平らにし、バスタブもあたらしいものと交換した。さらに、高い位置にタンクがついたトイレを据えつけ、洗面台も大理石の新品に入れ替えた。ようやくすべてが終わり、壁をあらためてとりつけて石膏で固めたあと、ふたりは仕上げに塗る色をホリーに選ばせた。もちろん選ばれたのはピンク色だ。

「非常識な色じゃないさ」マークはサムをなぐさめた。ヴィクトリア朝様式の家でよく使われる色を集めた見本の中からホリーが選びだしたのが、たまたまその色だったのだ。

「ひどいよ。女っぽいにもほどがある」サムは嘆いた。「ピンク色のバスルームに入るたびに、あとで男らしいことをしなきゃならないと思うんだぞ」

「その〝男らしいこと〟が何を指すのかは知らないが、するときは外に出てホリーとぼくの目に入らないところでやってくれ」

バスルームの次の大仕事はキッチンだった。マークはコンロが六つある調理台を設置して冷蔵庫をあたらしくし、アレックスから特殊な機械と研磨機を借りてきて、窓と戸枠に少なくとも六回は上塗りされたペンキをはがしていった。

アレックスは意外なほど協力的で、必要な道具や部材を気前よく提供したうえ、助言まで与えてくれた。それだけでなく、最低でも週に一度はやってきて、修理を手伝うようになったのだから驚きだ。もともと家の修繕や改築はアレックスの専門分野だし、マークとサムだけでは手も能力も足りないのが明らかだったせいもあるだろう。作業の過程で出た、捨てるしかなさそうな木片でさえ、アレックスの手にかかると使える何かに形を変えるのが、マークたちには不思議でならなかった。

二度めにやってきたときなど、アレックスはホリーのクローゼットに靴を収納する棚をつくり、しかも一見したところではわからない秘密の物入れのついた引き出しまでこしらえて姪を大喜びさせた。それからもポーチの古い梁がぼろぼろの発泡スチロールみたいに崩れそうになっているのをマークとサムが発見したときは、仕事で雇っている建築作業員たちを連れてきてくれたりもした。アレックスと作業員たちは支柱をとりつけ、傷んだ梁を修理してあたらしい雨どいを渡し、一日でポーチをすっかりきれいに仕上げてしまった。マークとサムは自分たちの力ではできない仕事をしてくれた彼らに感謝の気持ちでいっぱいだったが、昔のアレックスを知っている身としては不思議でならない心境だった。

「あいつ、何が目当てなんだ？」サムはマークに尋ねた。

「家が崩れて、姪っ子がつぶれないようにしたいんじゃないか？」

「違うね。そいつはまともなやつが考えつく動機だ。ぼくたち兄弟はその手の振る舞いはしないことになってるはずだろう」

マークはサムの言葉に思わずにやりとした。たしかにアレックスはつねに冷静沈着で、何があろうと感情を表に出さない、いわば人間離れしたところがある。ときおり心臓が本当に動いているのかどうか心配になるほどだ。「生前のヴィクトリアとあまり関わりを持とうとしなかったのを、申し訳なく感じているのかもしれないな」

「いや、家を空ける口実ができてダーシーと一緒に過ごさないですむなら、理由は何だっていいんじゃないか？ぼくはもともと結婚という概念自体が気に食わないから何とも思わないが、もし結婚に夢を抱いていたら、あいつを見て幻滅しているところだ」

「一理あるな」マークは言った。「ノーラン家の男は、自分と似ている女性を結婚相手に選んではいけないんだ」

「違うね。ノーラン家の男は、自分たちのプロポーズを受けるような頭がどうかした女性と結婚しちゃいけないんだよ」

結局、動機が何であれ、アレックスは修理を手伝いつづけている。兄弟三人で力を合わせているだけあって、家の状況は近頃だいぶましになってきて、少なくともふつうの人が住める程度にはなりつつあった。

「もし、これでぼくとホリーを追いだそうとしたら」マークはサムに言った。「裏庭に人知れず埋めてやるからな」

とはいえ、そんな事態にならないのはふたりともよくわかっていた。なぜならサムは――誰よりも彼自身がいちばん驚いているはずだが――たちまち姪に対して献身的な愛情を注ぐようになっていたからだ。マークとおなじく、必要なら命を差しだしてもいいとすら思っているらしい。どうやらホリーには、ふたりのいい面を引きだす力があるようだった。

はじめこそおじたちに愛情を示すのに慎重だったホリーも、すぐに打ち解けた。善意の第三者たちはそろってマークとサムに小さな子どもを甘やかしてはいけないと忠告するけれど、ふたりとも自分たちの甘い態度が問題につながりそうな気配すら感じていなかった。それどころか、姪にもう少しやんちゃであってほしいと思っているくらいだ。ホリーは言いつけにはかならず従う、とてもいい子だった。

学校が休みの日、ホリーはマークと一緒にフライデーハーバーにあるコーヒーの焙煎所へ行き、巨大なドラム状の焙煎機が黄色いアラビカ種の生豆を褐色に変えていくさまを眺めた。ときには波止場の近くにある店でアイスクリームを買って、マークとふたりでヨットやタグボート、クルーザー、デッキに何かの容器を山積みにした加工船などの並んでいるさまを見て回る、ウインドーショッピングならぬ〝ボートショッピング〟をすることもあった。

サムもよくブドウ園の作業にホリーを連れていった。それだけでなく、一緒にフォルスベイの浜まで出かけて浅瀬でヒトデやウニを獲ったり、姪が学校でつくったネクタイをうれしそうに身につけたりもした。ホリーが授業で描いた絵を家じゅうの壁に貼るのもサムだった。

「こんなふうだとは思ってもいなかったよ」ある夜、車で眠りこんでしまったホリーを抱いて家に入ろうとする途中、サムが言った。午後に三人で英軍基地跡まで出かけた日のことだ。島がアメリカに譲渡される以前の共同統治下にあった時代に英軍が駐留していた基地跡は、いまでは国立公園になっていて、ピクニックやフリスビーをするのにもってこいの広い海岸がある。その日、ふたりは姪のために釣り竿と小さな道具箱を用意し、マークがホリーに岸からスズキを釣る方法を教えたりして遊んできたのだった。

「こんなふうって？」マークは玄関のドアを開け、ポーチの明かりをつけて尋ねた。

「子どものいる生活がさ」サムがどことなく気弱な声で答える。「小さな子どもに好かれるとこんな気持ちになるなんて、思いもよらなかった」

ホリーと暮らして、兄弟はそれまで縁がなかった種類の幸福を手に入れた。純粋さを呼び起こされたとでも言えばいいだろうか。子どもから無条件の愛と信頼を寄せられたときに人は変わる。ふたりは小さな姪のおかげでそのことを知った。寄せられる愛と信頼にふさわしい者でありたいと願うようになるのだ。

家に着いたマークとホリーはキッチンに入っていった。隅にある昔ながらの、椅子と一体になったテーブルに荷物と貝を置き、そのまま一緒にリビングルームへ向かう。壁の石膏がむきだしで、暖炉の崩れた煙突口を鉄の網で一時的にふさいである、痛々しいくらいがらんとしたリビングルームにサムがいた。

サムは暖炉の脇で、じきに炉床の土台にするためにセメントを流しこむことになっている場所に枠をとりつけていた。「こいつはまた大仕事になるぞ」寸法をはかりながら言う。「ふたつの暖炉から一本の煙突で排気する方法を考えなきゃならないんだ。この煙突口はこのまま二階のベッドルームにつながっているんだぞ。信じられるか？」マークは身をかがめ、ホリーに向かってつぶやいた。「夕食は何がいいか、きいてきてくれ」

ホリーが素直に言われたことに従い、サムのかたわらに近づいていった。おじの耳に口を寄せて何ごとかささやき、すぐに何歩かあとずさる。

その場でサムが固まったのが、マークのいる位置からでもわかった。

「いま、しゃべったな？」サムがかすれた声で言い、ゆっくりとホリーに向き直った。

ホリーが深刻な表情で首を振る。

「いいや、しゃべった。いまのはたしかに言葉だった」

「しゃべってないもん」サムの驚く顔を見ながら、ホリーはくすくす笑った。

「まただ！　やったぞ！　名前を、ぼくの名前を言ってみてくれ」

「退屈なほうのおじさん」

サムが息も継げないほど笑い、ホリーをきつく胸に抱き寄せた。「〝退屈なほう〟だって？　いいぞ、これからは減らず口といたずらがはじまるわけだ」姪を抱いたまま、信じられないとばかりに頭を振ってマークを見る。サムの顔はすっかり紅潮し、目には問いかけが浮かんでいた。「どうやったんだ？」どうにか疑問を口からしぼりだした。

「あとで話すよ」マークはにっこりした。

「それで、どうやったんだ？」サムがコンロにかけたスパゲティソースを煮こんでいる鍋をかきまぜながら尋ねた。ホリーは隣の部屋であたらしく買ったパズルに夢中になっている。「どうやって話をさせた？」

マークはビールの栓を抜き、ボトルを傾けて乾杯の仕草をした。「ぼくが何かしたわけじゃない」よく冷えたビールをひと口飲む。「スプリングストリートにできたあたらしいトイショップに行ったら、カウンターの奥に小柄でかわいい感じの赤毛の女性がいたんだ。見たことのない女性だった——」

「その人なら知ってるよ。マギー何とかだ。たしかコナーだったか、カーターだったか……」

「コンロイだよ。会ったことがあるのか？」

「いいや。でも、エレン・スコラーリがぼくと彼女をデートさせようとしているんだ」

「ぼくには何も言っていなかったぞ」マークはむっとした。

「兄貴はシェルビーとつきあっているじゃないか」

「シェルビーとはそこまで真剣なつきあいじゃない。おたがいに束縛しないことにしている」

「エレンはぼくのほうがマギーに合うと思ったんだろう。年も近いしな。かわいいのか？　それならよかった。返事をする前に、一度こっそり見に行こうかと思っていたんだ――」

「ぼくはお前よりふたつ年上なだけだぞ」マークは憤慨して主張した。

スプーンを置いたサムがワインのグラスを持ちあげた。「彼女を誘ったのか？」

「いいや、シェルビーが一緒だった。それに――」

「それなら決まりだ。マギーはぼくがいただく」

「だめだ。そうはいかない」マークはぴしゃりと言った。

サムが眉をあげる。「兄貴にはシェルビーがいるだろう。こういうのは、いちばん長いこと女っ気がないやつから順番だと決まってるんだよ」

マークはいらだちもあらわに肩をすくめた。

「それで、そのマギーがホリーに何をしたんだ？」サムが勢いづいて尋ねた。「どうやってしゃべらせた?」

マークはサムにトイショップでの出来事を話した。魔法の貝や、マギーにこの世には目に見えない力も存在するとやんわり示唆されたことまですべてだ。

「すごいな」サムは言った。「そんなやり方は、ぼくじゃ絶対に思いつかない」

「タイミングがよかったのさ。ホリーの話す準備ができたところに、マギーがきっかけを与えてくれたんだ」

「そうだな。でも、ぼくたちがもっと早くそのやり方に気づいていたら、ホリーだってとうに話しはじめていたんじゃないか?」

「そんなのわかるものか。いったい何が言いたいんだ?」

サムが声を小さくした。「あの子が大きくなったときのことを考えてみてくれ。ホリーだって、いずれ女にしかわからない話をする相手が必要になる。そうなったら、ぼくたちはいったい誰を頼ればいいんだ?」

「ホリーはまだ六歳だぞ、サム。そんな心配はもっと先になってからすればいい」

「その〝もっと先〟が、思ったよりずっと早く来る気がしてならないから不安なんだよ。じつは……」サムは言葉を切り、襲ってくる頭痛を先回りして追い払うように額をごしごしとこすった。「ホリーが寝たあとで見せたいものがあるんだ」

「何なんだ？　ぼくが心配しなくてはならないことでもあるのか？」

「わからない」

「もったいぶるなよ。いますぐ言え」

サムが声を落としたまま答える。「わかったよ。ホリーが宿題の塗り絵をきちんと仕上げたかどうか確かめようとして、学校へ持っていくファイルの中を見たんだ……そうしたら、こんなものが入っていた」カウンターに置いてある紙の束から一枚を抜きだす。「今週、先生が作文の課題を出したんだ。サンタクロースへの手紙だよ。そのとき、ホリーが書いたのがこれだ」

マークはあぜんとした。「サンタクロースへの手紙？　まだ九月のなかばだぞ」

「もうクリスマスのコマーシャルだってはじまってるよ。ぼくが昨日、チャックの店に工具を買いに行ったときも、月末までにクリスマスツリーを出すと言っていた」

「感謝祭どころか、ハロウィンだってまだなのに？」

「そうだ。世界を覆い尽くす大企業の陰謀だよ。あがいたって無駄さ」サムが一枚の紙をマークに手渡した。「読んでみてくれ」

サンタさんへ

ことしのおねがいはひとつだけです
ママがほしいです
フライデーハーバーにおひっこしをしたからおうちをまちがえないでね
よんでくれてありがとう

あいをこめて
ホリー

マークはたっぷり三〇秒ほど、言葉を失った。

「ママだとさ」サムが言った。

「ああ、わかってる」手紙を見つめたまま、マークはつぶやいた。「特大の靴下を用意しないといけないな」

夕食のあと、マークはビールを手にポーチへ出て、使い古した座り心地のいい木の椅子に腰を落ちつけた。サムはホリーをベッドに連れていき、今日買ったばかりの本を読み聞かせて寝かしつけている。

一年の中でもまだ日が長く、太陽がなかなか沈まない時期だ。海の上に広がる大空はピンクとオレンジ色に染まっていた。マークは地中深くに根を張る木々の合間にのぞいた輝く浅瀬を眺めながら、ホリーの今後に思いを馳せた。

それにしても、母親とは。

考えてみれば、ホリーが母親を望むのは当然の話だ。マークやサムがいくら努力しようと、してやれないこともある。世の中にはひとりで娘を育てている父親も大勢いるだろうが、娘が母親を望む時期を経験していないと言いきれる者など、誰ひとりとしていないはずだ。

医師の忠告に従い、マークはヴィクトリアの写真を何枚か額に入れて家の中に飾っている。それに、母親とのつながりを感じさせるため、サムもマークも機会があればホリーにヴィクトリアの話をするようにしていた。しかし、それ以上にしてやれることがあるし、何をすればいいかもわかっている。この先、ホリーが残りの子ども時代を母親なしで過ごさなければならない理由はない。現時点で言えば、母親として完璧に近い存在はシェルビーだろう。結婚についてはっきりとした態度を示さないマークに対し、シェルビーは忍耐強く接しつづけてくれていた。「わたしたちの結婚はご両親の結婚とは違うものになるわ」以前、彼女に言われたことがある。「わたしたちの結婚は〝わたしたち〟だけのものなのよ」

シェルビーの言うことはマークにもよくわかった。それどころか、もろ手をあげて賛成してもいいくらいだ。そもそも子どもを支えようという考えすらなかった父親と自分が違うのはわかっている。マークが育った家庭はいつだって大荒れで、家の中は屋根のてっぺんまでいがみあいと暴力に満ちていた。喧嘩と和解の繰り返しでなりたっていたノーラン家の両親の関係は、結婚の悪い面をすべて集めたようなもので、祝福できる点など何ひとつなかった。

しかし、両親の結婚がどうしようもないものだったからといって、自分までそうなるだろうと決めつける必要はまったくない。マークはそう思って結婚に否定的にならないようにつとめてきたし、結婚するのにふさわしい相手と出会えば、何かしらぴんとくる、ためらいを晴らしてくれる瞬間があるのかもしれないとも思っていた。だが、これまでのところ、シェルビーと一緒にいても、そうした瞬間は訪れていない。

考え方を変えてみたらどうだろう？　誰を相手にしたところでそんな瞬間は訪れないのかもしれないのだと。結婚とは、大事に思う相手との実際的なとり決めだと思うことにしたら？　いま考えるべきなのがホリーの幸せである以上、それがいちばんいい気がする。シェルビーはおだやかで明るい性格をしていて親しみやすい。いい母親になる条件はそろっているんじゃないか？

マークは恋愛に幻想を抱いていないし、魂の片割れの相手がいることも信じていなかった。冷たく厳しい現実社会に属する地に足のついた男だと自覚しておいたほうが気が楽だ。現実的な判断で結婚を申しこんだら、シェルビーに対して失礼だろうか？いや、自分の感情に正直であれば――あるいは自分に感情などないと正直に認めさえすれば――失礼にあたるとはかぎらないだろう。

ビールを飲み終えたマークは家の中に戻ってボトルをリサイクル用のごみ箱に投げ入れ、二階にあるホリーの部屋へ向かった。サムがすでに姪をベッドに入れ、小さな常夜灯を残して明かりを消していた。

ホリーがいかにも眠そうに目をしょぼつかせ、小さな口をゆがめてあくびをした。隣にはテディベアがいて、光るボタンの目でマークを見つめている。

小さな女の子を見おろすうち、ついさっきまでの自分とは別人になったのだという実感が衝撃とともに突然胸にこみあげてきた。いつもしているようにマークが身をかがめて姪の額にキスをすると、ホリーが華奢な腕を彼の首に巻きつけてきた。「おじさん大好き。愛してる」ホリーは眠たげな声で言って寝返りを打ち、テディベアを抱きしめて眠りに落ちた。

マークはその場に立ち尽くして目をしばたたき、どうにか衝撃をやり過ごそうとした。生まれてはじめて、胸が張り裂けそうになるのがどんな感じか思い知った気がする。悲しみで心を打ち砕かれるのとは違い、心が開かれた感じだ。自分以外の人と、完璧な幸せの中で一緒に暮らしたい――そんな欲求が自分の中にあったことも、いままでは知らなかった。

ホリーのために完璧な母親を見つけよう。この子をとり巻く人の輪を完全なものにしてみせる。

ふつうであれば、家族ができた結果として生まれるのが子どもだ。しかし、この場合、子どもがやってきた結果として家族ができることになる。

4

この地域にある四つの大きな島――サンファアン、オルカス、ロペス、ショー――にはすべてワシントン州が運営するワシントン・ステート・フェリーの定期便がある。サンファアンからだと本土のアナコルテスまでの所要時間は一時間半ほどだ。そのあいだ、乗客たちはフェリーにとめた車から上のデッキにある客室にあがり、座席で脚を伸ばして座ることができる。航路の波はおだやかで、夏から秋の終わりにかけては景色も最高だ。

マギーはペット・ホテルに犬を預け、フライデーハーバーにあるフェリー乗り場まで車でやってきた。ベリングハムまで三〇分で飛ぶ航空便もあるけれど、やはり飛行機よりフェリーのほうがいい。島の海岸線や海沿いの家々、ときおり姿を見せるイルカやアシカたちを眺めるのが、マギーは好きだった。砕ける白い波のあいだに、挽いたばかりのコショウを思わせる真っ黒な鵜《う》たちが餌をとっている光景も頻繁に見受けられた。

アナコルテスの港には妹が迎えに来てくれるし、家族とともに過ごすあいだは車を使わない。マギーは車を駐車場に置き、歩いてフェリーに乗りこんだ。鋼鉄製で電気推進方式のフェリーは最大でおよそ一〇〇〇人の乗客と八五台の車を収容でき、時速一三ノットでの航行が可能だ。

宿泊に必要なものを詰めた布製のバッグを手に上のデッキの客室へ入っていき、大きなガラス窓に面した長いベンチに沿って歩く。金曜日の朝だけあって、ビジネス客や週末の楽しみを求めて出かける人々でフェリーはこみあっていた。向かいあって座るベンチの一方が空いているのを見つけて近寄っていくと、もう一方にはカーキ色のズボンをはき、紺色のポロシャツを着た男性が座っていた。男性は熱心に新聞を読んでいて、かたわらには読み終えた部分がたたんで置かれている。

「すみません、この席は……」問いかけたマギーは、男性が顔をあげた瞬間に絶句した。

真っ先に目に入ったのは、鮮やかな青みがかったグリーンの瞳だ。電気ショックさながらの強い衝撃がマギーの心臓を貫いていった。

座っていたのは……マーク・ノーランだった。今日はきれいに髭を剃ってきちんとした格好をしている。きどらない男らしさが何とも魅力的だ。マークが注意をマギーに向け、新聞を脇に置いて立ちあがった。昔ながらの礼儀正しい振る舞いに、マギーはさらに動揺した。「やあ、マギー、きみもシアトルへ？」

「ベリングハムよ」マギーはあからさまに苦しげな声を出してしまった自分を呪った。「家族のところに行くの」

マークが向かいのベンチを身振りで示す。「どうぞ」

「その……わたし……」マギーは首を振り、周囲を見回した。「あなたの邪魔はしたくないわ」

「邪魔なんかじゃないよ」

「ありがとう。でも……あなたを相手に飛行機でするみたいなまねはしたくないの」

マークが眉をあげ、いぶかる顔になった。「飛行機でするみたいなまねって？」

「飛行機で知らない人と隣りあって座るでしょう？　そうすると、つい親友にも話していないことを打ち明けてしまうのよ。相手が知らない人なら、二度と会わないから後悔する必要もないんだけど……」

「きみがいま乗っているのは飛行機じゃない」

「お客を運ぶ乗り物には違いないわ」

マークは立ったまま、楽しげな目でマギーを見おろした。「このフェリーに乗っている時間は短いよ。そんな時間で、どれだけ自分について語れるっていうんだい？」

「人生まるごとよ」

マークは自分には語るべきことなどないと言いたげに笑いをこらえている。「一度試してみようよ。とにかく座ってくれ、マギー」

誘いというより命令に近い言い方だったが、マギーは無意識のうちに従っていた。バッグを足もとに置き、マークと向かいあって腰をおろす。姿勢を正しているあいだに、彼がすばやくマギーの全身に視線を走らせるのがわかった。今日はスリム・ジーンズに白いTシャツ、丈の短い黒の上着といういでたちだ。

「この前と感じが違うね」マークが言った。

「髪型のせいよ」マギーは気恥ずかしくなって、長い髪に指を走らせた。「家族のところに行くときは、いつもストレートヘアにするの。そうしないと、兄さんたちがからかって引っ張るから……家族でくせ毛はわたしだけなのよ。雨が降らないことを祈るわ。もし濡れたりしたら……」両手で髪が爆発する仕草をしてみせる。

「どっちもいいと思うけどな」マークが発した単純で真心のこもった褒め言葉は、薄っぺらなお世辞よりも何千倍もマギーの心に響いた。

「ありがとう。ホリーは元気？」

「まだ話しているよ。それどころか、しゃべりっぱなしだ」マークがいったん言葉を切ってから続けた。「この前のお礼をまだ言っていなかったね。きみがあの子にしてくれたことは――」

「いいのよ。たいしたことはしていないわ」

「ぼくたちにとっては重要なことだったんだ」マークがまっすぐにマギーを見つめる。

「この週末は、家族と何をするんだい？」

「ただ一緒に過ごすだけよ。料理をして、食べて飲んで……実家はエッジムーアにあって、とても古くてだだっ広いの。孫が何人も集まるのよ。わたしにはきょうだいが合わせて七人いるから」

「きみはいちばん下だね」マークが言った。

「下から二番めよ」マギーは戸惑いまじりの笑みを浮かべた。「じゅうぶん正解に近いわね。どうしてわかるの？」

「きみは愛想がいい。よく笑うし」

「あなたはいちばん上？　真ん中？」

「長男だよ」

マギーは無遠慮にマークを見つめた。「長男ということは……ルールを決めるのが好きで、頼りがいがあって……でも、たまに知ったかぶりをするんでしょう？」

「たしかにするな。でも、ほとんどの場合、ぼくの言うことは正しいよ」マークが控えめに答えた。

マギーの喉の奥に笑いがこみあげる。

「どうして島でトイショップを？」マークが尋ねた。

「自然な流れだと思うわ。以前は子ども向けの家具を塗装する仕事をしていたの。その頃に、家具の製造工場を経営していた夫に出会った。彼の工場から小さなテーブルと椅子のセットとか、ベッドの枠とかを買って色をつけていたのよ。でも、結婚してすぐ、その仕事を中断しなければならなくなった。理由は……夫の癌よ。それから、また仕事をはじめようと思ったとき、何かいままでとは違うことをしたくなったの。楽しい仕事をね」

マークが別の質問をしようと口を開きかける。マギーはエディのことかもしれないと思い、逆に尋ねることで質問を封じた。「あなたの仕事は？」

「コーヒー豆の焙煎をしてる」

「家でする仕事？　それとも――」

「会社だよ。共同経営者がぼくのほかにふたりいる。フライデーハーバーに焙煎所があって、一時間に五〇キロほど生産可能な業務用の焙煎機を使ってるんだ。会社の名前で六種類ばかりコーヒー豆を商品化していて、それとは別にコーヒーを出す店にも焙煎した豆を卸している。島内はもちろん、シアトルやリンウッドにもね……そういえば、ベリングハムのレストランでも、うちのコーヒーを出しているな」

「本当に？　レストランの名前は？」

「〈ガーデン・バラエティ〉っていうベジタリアンの店だ」

「わたしの好きな店よ！　でも、コーヒーは飲んだことがないわ」

「どうして？」

「何年か前に、体によくないっていう記事を読んで飲むのをやめてしまったの」

「コーヒーは健康にいい飲み物だ」マークが憤慨して言った。「抗酸化物質と植物性化学物質がたっぷり入っていて、ある種の癌のリスクを軽減する効果があるんだ。〝コーヒー〟の語源が〝豆からできたワイン〟というアラブの言い回しから来ているのは知っているかい？」

「知らなかったわ」マギーは笑った。「あなたはコーヒーを飲むときも、真剣なんでしょうね」

「戦争が終わって恋人のもとへ帰る帰還兵みたいな勢いで、毎朝コーヒーメーカーに駆け寄っていくよ」

　何て素敵な声。低くて、体にしみ入るみたい。マギーは思わず笑みを大きくした。

「いつからコーヒーを飲みはじめたの？」

「ハイスクールの頃だね。試験勉強のとき、眠くならないと思って飲みはじめた」

「コーヒーの何がいちばん好きなの？　味？　それともカフェイン？」

「ジャマイカ産のブルーマウンテンとニュースで一日をはじめるのが好みなんだ。午後に、マリナーズ（シアトルの野球チーム）とシーホークス（シアトルのフットボールチーム）の愚痴を言いながら飲むのもね。コーヒーの豆にはキリマンジャロ山脈のふもとでとれるタンザニア産のものもあれば、インドネシアの島でとれるものもある。コロンビアにエチオピア、ブラジルやカメルーン……ほとんどの人が見ることもなく人生を終える土地の味が楽しめるところが好きだね。値段が手頃で、トラックの運転手も大金持ちとおなじおいしいコーヒーを飲めるところもいい。でも、いちばん好きなのは、コーヒーがぼくたちの生活に深く根づいているところかな。コーヒーは友人同士を近づけるし、ディナーの締めにもぴったりだ。それに……ときにはとびきり素敵な女性を部屋に連れ帰る手助けもしてくれる」

「それはコーヒーとは関係ないんじゃない？　あなたならグラスに入った水でもじゅうぶん女性を口説けるわ」マギーは言い終えるなり目を見開き、片方の手で口を覆った。「いやだ。おかしなことを口走ったわね。どうしてかしら」みずからの言葉に驚き、後悔の言葉をもらす。

一瞬、目を合わせたふたりのあいだに電流にも似た衝撃が走った。マークが口もとにかすかな笑みを浮かべると、マギーは胸が高鳴った。

マークは気にしていないと言いたげに首を振った。「予告されていたからね」身振りで周囲を示す。「乗り物に乗ると、きみは抑えがきかなくなるって」

「そうなのよ」マギーはあたたかな光を放つグリーンの瞳に困惑させられ、会話の続きをはじめるのに苦労した。「何の話をしていたんだったかしら？　ああ、コーヒーの話だったわね。わたしは豆の香りは好きなんだけど、香りとおなじくらい好きになれる味のコーヒーを飲んだことはないわ」

「そのうち、きみがいままで味わったこともない最高のコーヒーを淹れてあげるよ。きっときみはロブスタ種の豆を挽いて淹れた熱いコーヒーを懇願して、ぼくにつきまとうようになる」

マギーは笑いながら、ふたりを包む空気がいつの間にか親しいものに変わっているのを感じた。マークに惹かれているせいだ。異性の魅力を感じとって受けとめる能力はとうになくしてしまったと思っていただけに、不思議な気がする。

気がつけば、フェリーはすでに動きだしていた。出発を告げる合図の汽笛すら、マギーの耳には届かなかった。力強いエンジンの振動が船体を震わせ、鼓動にも似た動きで床と座席を細かくゆらしつづけた。

いつもなら注意を引かれるはずの海峡を進んでいく光景も、今日にかぎっては興をそそる力が失われてしまっている。マギーは向かいの座席に視線を戻した。マークは脚を広げて腕を座席の背にのせ、落ちついた力強さをかもしだして座っていた。

「あなたの週末の予定は？」マギーは尋ねた。

「友人のところに行く」

「店で一緒だった女の人？」

マークの表情に警戒の色が浮かんだ。「そうだ。シェルビーと一緒に過ごす」

「素敵な人だったわ」

「ああ」

ここでやめておくべきだと、マギーはわかっていた。でも、マークに対する好奇心はすでに一般的な関心の域を超えてしまっている。あの落ちついた感じの魅力的なブロンドの女性――シェルビーという名だ――の姿を頭に描こうとすると、いかにもお似合いのふたりだと思っていた記憶まで一緒によみがえってきた。マークとシェルビーはそのまま宝石のコマーシャルにでも出られそうな、申し分のない恋人同士だった。

「真剣なおつきあいをしているの？」

マークは考えこんだ。「わからない」

「デートしはじめてからどのくらい？」

「数ヵ月かな」マークがやはりじっくりと考えてから答えた。「一月からだ」

「それだけ経っているなら、真剣かどうかはもうわかっているはずよ」

マークがいらだちながらも愉快に思っているような顔になった。「いろいろと答えを出すのに時間がかかる男もいるんだよ」

「いろいろってたとえば？」

「永遠ってものに対する恐怖心を乗り越えられるかどうか」

「わたしの人生訓を教えてあげるわ。エミリー・ディキンソンの言葉よ」

「ぼくには人生訓なんてない」マークが即答する。

「あら、人生訓はあったほうがいいわ。よかったら、わたしとおなじのにしたら？」

「どんな？」

「永遠はいくつもの〝いま〟でできている」マギーは言葉を切り、笑みを消して真剣な表情をつくった。「永遠なんて気にしないほうがいいわ。時間は思っているより、ずっと早く進んでしまうわよ」

「そうだな」物静かなマークの口調には、どこか寂しげな響きがまじっていた。「妹が死んだとき、ぼくもそう思った」

マギーは憐れみをこめた視線でマークを見つめた。「妹さんとは親しかったの？」

マークが奇妙なほど長い間を空けてから答えた。「ノーラン家は世間一般で言う親しい家族じゃないんだ。煮こみ料理《キャセロール》みたいなものだよ。それぞれにおいしい食材があるとする。ところがそいつを一緒くたにすると、とんでもなくまずい料理になってしまうんだ」

「キャセロールがぜんぶおいしくないとはかぎらないわ」マギーは言った。

「おいしいキャセロールがあるなら、教えてほしいね」

「マカロニ・チーズよ」

「そんなのはキャセロールじゃない」

「それじゃあ、何を使えばキャセロールになるっていうの？」

「野菜だよ」

マギーは声をあげて笑った。「逃げてもだめよ。マカロニ・チーズだって、立派なキャセロールだわ」

「きみがそこまで言うなら含めてもいい。仮にそうだとしても、ぼくが好きなキャセロールはマカロニ・チーズだけだ。ほかはぜんぶ、余り物を処分するためだけにつくられたみたいな味がする」

「マカロニ・チーズのキャセロールなら、祖母からレシピを教わったわ。チーズを四種類使って、表面にこんがり焼いたパン粉をのせるのよ」

「今度ぼくにもつくってほしいな」

もちろんそんな機会は絶対に訪れないが、マギーは想像するだけで首筋がほてった。

「シェルビーはお気に召さないでしょうね」

「いいや、彼女は炭水化物を口にしないから大丈夫だよ」

「わたしがあなたに料理をつくることをよ」

返事はなかった。マークは何かに気をとられたような顔で、窓の外を眺めている。

じきに会えるシェルビーを思い浮かべて、胸を躍らせているのだろうか。

「つくってくれるとしたら、キャセロールのほかには何が一緒に出てくるのかな？」

しばらくして、マークがきいた。

微笑んでいたマギーは、我慢できずに笑い声をあげた。「マカロニ・チーズのキャセロールがメイン料理なら、ゆでたアスパラガスを添えて出すわ。あとは……たぶんトマトとルッコラのサラダも」手のこんだ料理をしなくなってからもうずいぶんになる。ひとり分だけだと、どうしても張りきってもしかたがないと感じてしまうからだ。

「わたしは料理が好きなの」

「やっと共通点が見つかった」

「あなたも料理を？」

「いいや、ぼくは食べるのが好きなんだ」

「家では誰が食事をつくっているの？」

「弟のサムとぼくが交替でつくってる。どっちも下手もいいところだけどね」

「ひとつ質問させて。どうして兄弟で一緒にホリーを育てることになったの？」

「はじめからぼくひとりじゃ無理なのはわかっていたんだ。かといってほかに育てられる人はいなかったし、ホリーを養子に出す気もなかったからね。だから、サムに手伝ってもらうことにした」

「後悔はしていないの？」

マークは即座にうなずいた。「妹を失ったのは人生で最悪の出来事だった。でも、ホリーを得たのは最高の出来事だ。サムもおなじ意見だと思う」

「子育ては思っていたとおりだった？」

「思っていたも何も、どうなるのかまるで想像できなかったからね。サムとふたりで一日ずつ、どうにか乗りきってきたんだ。楽しい瞬間がいくつもあったよ……エッグ・レイクでホリーがはじめて魚を釣りあげたときとか……あの子とサムが朝食にバナナとマシュマロを使ってワッフルの塔をつくると言いだしたときとか。あれは見ものだったな。でも、そうでもない瞬間もある。あの子と出かけてよその家族連れを目にしたときとか……」マークはためらってから続けた。「そのあとでホリーの顔を見ると、自分が家族を持ったらどうなるんだろうと考えずにはいられないんだ」

「あなたたちは家族じゃない」マギーは言った。

「おじふたりと姪だぞ？」

「そうよ、立派な家族だわ」

あれこれ話すにつれて、話題は長年の友人同士が交わすような、たわいのない話しやすいものになっていき、ふたりはそのまま自然の流れに任せてきどらない会話を続けた。

マギーは大家族の一員として暮らしていくのがどんなものかをマークに語った。シャワーの順番や、親の関心や、プライバシーをめぐる終わりのない争いの話だ。しかし、毎日ちょっとした口喧嘩や競争に明け暮れながらも、マギーの家は愛情と幸せに満ちていたし、何より家族がたがいを守っていた。小学校四年生になる頃には、マギーはすでに一〇人分の料理をつくれるようになっていて、服がおさがりばかりでもまったく気にならなくなっていたものだ。ひとつだけ受け入れがたかったのは、すべてのものがいつかかならずなくなったり、あるいは壊れたりすることだけだった。「だけど、それも慣れてくると、気にしてもしかたがないと思えるようになるのよね。だから、わたしはまだほんの小さいうちにおもちゃに執着しなくなったわ。仏教徒みたいよね。ものごとをあきらめるのが得意なの」

マークは自分の家族の話になるとめっきり口が重くなったが、それでも少しだけ家庭の事情を明かした。ノーラン家の両親は、子どもたちがひどく傷ついていてもおかまいなしで自分たちのいさかいに夢中になっていたようだ。祝日や誕生日といった家族の行事はすべて、夫婦の対決の舞台と化してしまっていたらしい。

「わが家はぼくが一四歳のとき、クリスマスを祝うのをやめたんだ」マークが言った。

マギーは思わず目を見開いた。「どうして?」

「ヴィクトリアと出かけた母がブレスレットを見かけたのがきっかけさ。店のショーウインドーに飾ってあったブレスレットを試しにつけてみたら、いたく気に入ってしまってね。ヴィクトリアにこれはわたしのものだと宣言した。ひどく興奮して家に帰ってきてからというもの、クリスマスプレゼントにはそのブレスレットが欲しいとずっと言いつづけていたよ。父に店とどんなブレスレットだったかを教えて、もう手に入れたか、いつ買いに行くんだの一点張りだった。自分で言っているうちに、母の中でそのブレスレットがとんでもなく大事なものになっていったんだろうね。ところがクリスマスの朝になってみると、父から母へのプレゼントはブレスレットじゃなかった」

「お父さんは代わりに何を贈ったの?」マギーは好奇心と恐れが入りまじった心境で尋ねた。

「忘れたな。ミキサーか何かだったと思う。とにかく母は激怒して、クリスマスは二度と家族で祝わないと決めたんだ」

「二度と?」

「そう、二度と。たぶん母は無意識のうちに、クリスマスを祝うのをやめるきっかけを探していたんじゃないかな。そこへ、あのブレスレットが現れた。ぼくたちもほっとしたよ。それからは、みんなが勝手にクリスマスを過ごすようになった。友人の家に行ったり、映画を観に行ったりしてね」マギーの顔を見て、マークは説明をつけ加える必要があると感じたようだった。「本当にそれでよかったんだよ。それまでだって、ぼくたちのクリスマスはほかの家のとは違っていたわけだしね。でも、この話には続きがある。ヴィクトリアはクリスマスの一件をひどく気に病んで、子どもたちで金を出しあって母の誕生日に例のブレスレットを贈ろうと言いだしたんだ。ぼくたちはみんなでアルバイトをして貯めた金でブレスレットを買って、ヴィクトリアがきれいな紙で包んで巨大なリボンをかけた。母が大喜びするだろうとぼくたちは思っていたんだよ。それこそ涙を流して喜ぶんじゃないかってね。ところが……母はブレスレットのことなんか、きれいさっぱり忘れていた。〝あら、ありがと〟でおしまいだよ。それ以来、身につけているところも見たことがない」

「つまり、お母さんにとって大事だったのは、ブレスレットじゃなかったのね」

「そうなんだよ」マークは驚いた顔をした。「どうしてわかる?」

「恋人同士が喧嘩をするときもそんなものよ。喧嘩している内容とは別に、もっと深いところに原因があるの」

「ぼくは誰かと言い争いになったときに、その内容以上のことは考えないな。底の浅い人間だ」

「あなたとシェルビーはどんなことで言い争いをするの？」

「ぼくたちは言い争ったりしない」

「口論しないの？　一度も？」

「悪いみたいな言い方だね」

「いいえ、悪くないわ。ぜんぜん悪くない」

「でもきみは悪いと思っている」

「まあ……理由によると思うわ。何についても完全に意見が一致するから喧嘩にならないわけ？　それとも、ふたりともそれほどつきあいを重く見ていないの？」

マークは少し考えたあとで答えた。「シアトルに着いたらすぐ、シェルビーに喧嘩を吹っかけるよ。それではっきりするかもしれない」

「そんなのはだめよ」マギーは笑いながら言った。

まだ一〇分か一五分くらいしか話していない気がするのに、周りの乗客たちがいつの間にか荷物をまとめだし、船を降りる準備をはじめている。フェリーはロザリオ海峡を通過するところだった。一時間半があっという間に過ぎてしまったのを知らせる物悲しい汽笛の音が響き、マギーの心にいらだちが募った。誰に言えるはずもないけれど、この一時間半の船旅はここ数ヵ月でいちばん楽しい出来事だった。いいえ、もしかすると、ここ何年かでいちばんかもしれない。

立ちあがったマークが、打ち解けた微笑みを浮かべて見おろしてきた。「あの……」おだやかな低い声を聞いて、マギーのうなじにくすぐったいような心地よい感覚が走った。「きみも帰りのフェリーは日曜の午後の便なのかな?」

マギーも立ちあがった。心が認めまいとしても、体がマークの存在をひしひしと感じている。全身のあらゆる感覚が彼を求めている気がした。コットンのポロシャツに覆われたあたたかい素肌や、リボンのようにつややかな黒髪の毛先が触れている日焼けした首筋に、直接手を伸ばしてみたくてしかたがない。

「たぶんね」

「二時四五分の便かい? それとも四時半の便?」

「まだ決めていないわ」

マークはうなずいただけで、それ以上は尋ねようとしなかった。

彼が去ったあと、マギーは張りつめた切望と心をゆさぶる喜びを感じている自分に気づいた。マーク・ノーランに近づくのも、彼が近づくのを許すのも危険だ。マークに惹かれているこの切迫した感情が本物かどうかわからないし、だいいち、そんな危険に身をゆだねる心の準備もできていない。

そんな準備が整う日は、きっと永遠にやってこないだろう。

一度きりしか冒すことのできないリスクというものが、この世にはたしかに存在するのだから。

5

ベリングハム近郊のエッジムーアで育ったマギーときょうだいたちはチャカナット山の山道を歩き、ベリングハム湾の浜で遊んで大きくなった。サンファン諸島とカナダの山々の両方を望む静かなその地域は、観光地のフェアヘイヴンにもほど近い。フェアヘイヴンは面白い店やギャラリーがたくさんあって見て回るだけでも楽しいし、ウエイターがその日いちばんの新鮮な魚と獲れた場所を教えてくれるレストランもそろっている。

ベリングハムは〝隠れた喜びの街〟という別名のとおりの場所だ。くつろげる落ちついた街でありつつ、その気になればあらゆる楽しみが満喫でき、しかも仲間を探すのにも苦労しない。そして、地元の車のバンパーにはそれぞれの主張を訴えるあらゆる種類のステッカーが貼ってあって、連なる家の庭にスプリンクラーがあるのとおなじくらい自然に政治的なプラカードが掲げてあることからもわかるように、他人に押しつけないかぎり、どんな信条に対しても寛容な土地柄でもある。

マギーはアナコルテスまで迎えに来てくれた妹のジルと連れだって、フェアヘイヴンの歴史のある一画へとランチに出かけた。ふたりはノリス家のいちばん下の姉妹で、生まれた年は一年半しか変わらない。そのためいつも仲がよく、学校でも学年が近かったのでキャンプに参加するのも一緒、夢中になったアイドルまでおなじだった。マギーの結婚式ではジルが花嫁付添人をつとめたし、今度地元の消防士のダニー・ストラウドと結婚するジルの式では、マギーが花嫁付添人をする予定になっている。

「少しでもふたりだけの時間がとれてうれしいわ」小さなスペイン料理のレストランでタパスを食べていたとき、ジルが言った。ふたりがいるのは〈フラッツ〉という、外にテラス席のある店だ。テラスに面した大きな窓の下にはきれいな花が並んでいる。

「だって、家に入ったが最後、姉さんは大忙しでわたしと話すどころじゃなくなってしまうもの。でも、明日の夜は別よ。一緒に人と会いに出かけるから、少しだけ時間をつくってよね」

マギーは口に運ぶ途中だったサングリアのグラスを持ったまま固まり、不安もあらわに尋ねた。「誰と？　どうして？」

「ダニーの友だちとよ」ジルが気軽な調子で答える。「素敵な人よ。やさしいし――」

「もうその人には会うって伝えてしまったの？」

「いいえ、先に姉さんに言ってからにしようと思って。でも――」

「よかった。わたしは会いたくないわ」

「どうしてよ？　もしかして恋人でもできたの？」

「ジル、この週末にわたしがベリングハムへ帰ってきた理由は知っているでしょう？　エディが亡くなってちょうど二年になるのよ。〝人と会う〟なんてまっぴらだわ」

「だからこそ完璧なタイミングなんじゃない。〝もう〟二年になるのよ。エディが亡くなってから、一度もデートしたことなんてないんでしょう。違う？」

「まだそんな心の準備だってできていないわ」

ウエイトレスがバヨナ・サンドイッチを運んできて、ふたりの会話はとぎれた。焼いたペッパーソーセージとチーズを、田舎風に皮を硬めに焼きあげたパンではさんだものだ。かならず三つに切ってあって、おいしいところは真ん中に詰まっている。

「心の準備ができたかどうかなんて、どうしたらわかるのよ？」ウエイトレスが去ったあと、ジルが尋ねた。「アラームで知らせてくれるタイマーでもあるわけ？」

マギーは愛情といらだちが入りまじったまなざしでジルをじっと見つめ、サンドイッチに手を伸ばした。

「ベリングハムに住んでいる独身のいい男なら山ほど知っているのよ」ジルが続けた。「いくらでも紹介してあげられるのに、姉さんったらフライデーハーバーに引きこもってるんだもの。だいたい、店を開くなら男の人との出会いがあるバーかスポーツグッズの店にすればよかったのに、どうしてよりによってトイショップなの？」

「わたしはいまの店が好きよ。フライデーハーバーもね」

「姉さん、幸せなの？」

「ええ、幸せよ」マギーはサンドイッチをひと口食べてから答えた。「わたしなら本当に大丈夫だから」

「よかった。それじゃあ、今度は人生に復帰する番ね。姉さんはまだ二八歳なんだから、いい人と出会う可能性を閉ざしたりしちゃだめよ」

「恋人探しはもういいわ。本物の愛に出会える確率なんて一〇億分の一もないのよ。わたしは一度見つけてしまったんだし、エディとのあいだに起きたようなことは、二度と起こりっこないわ」

「いま、姉さんにいちばん必要なのが何かわかる？　仮の恋人よ」

「仮の恋人？」

「そう、仮免許みたいなものよ。免許だって、本物を手に入れる前に仮免許で腕を磨くわけでしょう？　何もはじめから真剣なつきあいをする恋人を探す必要はないの。とりあえず一緒にいて楽しい人を見つけて、少しずつ感覚を慣らしていけばいいじゃない」

「つまりわたしは、恋愛のC級ライセンスでデートの練習中ってわけね」マギーは話を合わせた。「車の運転みたいに、デートをするのに両親か監督者の付き添いは必要なのかしら」

「そんなのはいらないわよ」ジルが答える。「安全運転を心がければね」

ランチのあと、ふたりはマギーの提案で〈ロケット・ドーナツ〉に立ち寄り、買い物をした。メープルシロップ風味のアイシングの上に薄切りベーコンをのせたもの、砕いたオレオ・クッキーをまぶしたもの、カリカリに揚げてギタード・チョコレートをかけたものなど、たくさんのドーナツを箱に入れてもらった。

「お父さんへのお土産ね」ジルが言った。

「そうよ」

「お母さんに見つかったら殺されるわよ。お父さんのコレステロールを減らそうと必死なんだから」

「知ってるわ。でも、お父さんが今朝、メールしてきたの。お願いだからひと箱買ってきてくれって」

「姉さんは甘いから」

「ええ、甘いわよ。だからわたしはお父さんのお気に入りなの」

家の前から延びた長い私道は六台の車でふさがっていて、広い家の敷地を子どもたちが元気いっぱいに走り回っていた。何人かがマギーに駆け寄ってきて、ひとりがにっとして歯の抜けたところを自慢げに見せ、別のひとりがかくれんぼに誘った。マギーは声をあげて笑い、あとで一緒に遊んであげるからと約束した。

マギーが家に入ってキッチンへ向かうと、母や姉たちや義理の姉たちはすでに料理にとりかかっていた。グレーの髪を短いボブにした母の、化粧をする必要もない美しい顔にキスをする。母は〝すべてを見た。すべてを聞いた。すべてをやり抜いた。ただし、何ひとつ覚えていない〟と書かれたエプロンを、贅肉のついていない体にまとっていた。

「まさか、お父さんにじゃないでしょうね？」母がドーナツの箱をにらみつけて尋ねた。

「セロリとニンジンよ」マギーは嘘をついた。「ちょうどいい箱がこれしかなかったの」

「お父さんならリビングルームにいるわ」母が言った。「サラウンドのスピーカーをやっと買ったのよ。テレビの前から動こうとしないの。銃声が本物みたいに聞こえるんですって」

「それなら、連れていってやればいいんだよ。ダウンタウンなら治安が悪いから本物が聞ける」兄たちのひとりがちゃかした。

マギーはにっこりしてリビングルームに向かった。

父は部屋の隅にあるソファに座り、眠っている赤ん坊を抱いていた。マギーが部屋に入ったとたん、父の視線はすぐさまドーナツの箱をとらえた。「わたしのお気に入りの娘がやってきたな」

「こんにちは、お父さん」マギーは前かがみになって父の頭にキスをし、腿の上にドーナツの箱を置いた。

父は箱をあさってメープル・フロスティングとベーコンのドーナツを見つけ、至福の表情でむさぼりはじめた。「さあ、隣に座って、代わりに赤ん坊を抱いてくれ。わたしはこいつらを片づけるのに両手を使わないと」

マギーは慎重に赤ん坊を抱きあげた。眠っているあたたかい体の重みが肩に加わる。

「誰の子なの？　見覚えがないけど」

「わからん。誰かに渡された」

「孫のひとりなのかしら？」

「かもしれん」

マギーは父の質問に答え、店の状況やフライデーハーバーの昨今の様子について教えた。最近、いい出会いはあったかと問われたときにほんの少しだけ答えに詰まると、たちまち父が好奇心もあらわに目を輝かせた。

「いいぞ、相手は誰だ？　何の仕事をしている？」

「違うわ。その人とは……何でもないのよ。向こうには恋人もいるみたいだし。こっちまで来るフェリーで一緒になって、少し話をしただけ」腕に抱いた赤ん坊が眠ったままぴくりと動く。マギーは小さな背中に手を置いてさすってやった。「自分でも気がつかないうちに、その人と親しくなりすぎたみたい」

「それのどこが悪いんだ？」

「悪くないのかもしれないけど、考えてしまったの。男性とおつきあいをする心の準備が自分にできたかどうか、どうしたらわかるんだろうってね」

「本人も気づかないうちに誰かと親しくなりすぎるようになったら、そいつは立派な兆候だと思うがね」

「何だか変な気分なのよ。エディとまるで似ていない人に惹かれるなんて」

病気になる前のエディは陽気で快活で、いたずらが大好きだった。一方、マークはどこか陰があって物静かで、内に激しさを秘めている感じだ。マギーはこのところ頭の片隅で、マークと体の関係を結ぶところを想像せずにいられなかった。その行為がとても激しいものになりそうな予感がするのが怖くてしかたがない。でも、その恐れもまた、彼に惹かれている理由のひとつだった。エディを求めたのは安心できる相手だと思えたからだ。ところが、いまはまるで正反対の理由で、マーク・ノーランを求めている。

腕の中で眠る赤ん坊に顔を寄せて頭にキスをすると、赤ん坊がしがみついてきた。肌は奇跡のようになめらかで、伝わってくるあたたかさが心地よい。突如、マギーの脳裏に、エディの人生の最後の日々が浮かんできた。静かな絶望の中にいたあのとき、夫の子どもが欲しいと切実に願ったものだ。エディの一部をどんな形であれ、みずからのそばに残しておきたかった。

「マギー」父が言った。「わたしはお前がエディとの結婚生活で経験しなければならなかったことを経験せずにここまで生きてこられた。だから、いつ悲しみが終わるのか、どうすればふたたび人生の出発点に立ったと自覚できるのか、正直見当もつかん。

でも、これだけは断言できるぞ。次の相手はエディと違っていて当然だ」

「わかるわ。それはずっとわかっているの。たぶん不安なのは、わたしが変わってしまったと気づかされるからだと思う」

父が目を見開いた。「変わって何が悪いんだ。生きていれば変わらないほうがおかしいだろう」

「わたしの中に変わりたくないと望んでいる自分がいるのよ。心のどこかに、エディと一緒だった頃のままでいたいという願望があるの」

父の驚いた表情を目にして、マギーは言葉を切った。

「おかしいかしら？　カウンセリングに行ったほうがいいと思う？」

「いいや。それよりお前が必要としているのは、誰かと出かけることだよ。いい服を着て、食事をおごってもらって楽しめばいい。その相手におやすみのキスでもしてやれ」

「でも、わたしが未亡人であるのをやめてしまったら、誰がエディを記憶にとどめておくの？　もう一度あの人を失うのとおなじになってしまうわ」

「マギー」父が静かな声でやさしく告げた。「お前はエディから多くを学んだ。彼のおかげで、お前はいい方向に変わったんだ。それがつまり、彼がお前の中で生きつづけているということなんだよ。エディは絶対に忘れられたりしないさ」

「悪いわね」マグカップを持って近づいていったマークに、グレーの部屋着姿でソファに横たわったシェルビーが、体を丸めたまま言った。彼女がさらに言葉を発しようと口を開いたとたんに、盛大なくしゃみが出た。

「いいんだ」マークはシェルビーの隣に腰をおろして言った。

シェルビーが箱からティッシュペーパーを抜きとって洟をかむ。「ただのアレルギーだといいんだけど。あなたに風邪をうつしたりするのはいやよ。あなたはここにいないほうがいいかもしれない。避難したほうが身のためよ」

マークはシェルビーに笑いかけた。「ぼくは風邪が怖くて逃げだすような男じゃないよ」風邪薬の瓶の蓋をとり、錠剤を二錠出して手渡してやる。

シェルビーはコーヒーテーブルにある水のボトルをとって薬を流しこみ、顔をゆがませた。「せっかくのパーティーだったのに」沈痛な声で愚痴をこぼす。「ジャニアのアパートメントはシアトル一素敵なのよ。それに、あなたをみんなに自慢したかったわ」

「自慢ならいつだってできるさ」マークはシェルビーの体にブランケットをかけてや

った。「いまは元気になることだけを考えるんだ。テレビのリモコンも好きに使えばいい」

「あなたって本当にやさしいのね」シェルビーはため息をつき、前かがみになってふたたび洟をかんだ。「本当に官能的な週末だこと」

「ぼくたちは体だけの関係じゃない」

「そう言ってくれてうれしいわ」シェルビーは言葉を切り、しばらく間を置いてから続けた。「いまのはリストの三番めよ」

マークはゆっくりとリモコンのボタンを押し、ケーブルテレビのチャンネルを変えていった。「リストって？」

「こういうことは言わないほうがいいのかもしれないけど、最近、〈男性が人生の重大事を決意するまでの五つの兆候〉っていう記事を読んだの」

チャンネルを変える手がとまる。「人生の重大事？」マークはぽかんとして尋ねた。

「結婚よ。いまのところあなたは、男性が結婚を決意するまでに示す兆候を三つまで見せたわ」

「そうなのか？」マークは慎重に言葉を選んだ。「ひとつめは？」

「〝クラブやバーに飽きる〟」

「ぼくはクラブを好きだったことはないけどな」

「ふたつめは〝相手を家族と友だちに紹介する〟よ。これもこの前すませたわ。そして三つめが、たったいまあなたが言ったとおり、〝相手をたんなる性的な対象以上の大切な存在だと認める〟よ」

「あとのふたつは?」

「それは内緒」

「どうして?」

「だって教えたら、あなたがそうしないようにするかもしれないもの」

マークは微笑んでシェルビーにリモコンを手渡した。「それなら、せめてその兆候とやらが出たときは教えてくれ。そこまで聞いたら、せっかくだからぜんぶ知りたい」チャンネルを映画に合わせた恋人の体に腕を回す。

いつもどおりであれば、ふたりのあいだに流れる沈黙は心地よいものであるはずだった。ところが、今日にかぎっては、緊張と疑念がまじった妙な空気が漂っている。マークは、シェルビーがきっかけを与えようとしているのだと気づいていた。ふたりの関係にあたらしい方向性を望んでいて、この先どこへ向かうのかを話しあいたいに違いない。

皮肉なことに、それはまさにマークがこの週末に望んでいた話しあいだった。この女性に特別な思いを捧げ、真剣な気持ちだと伝える理由はそろっている。ふたりの意見は一致しているはずだった。

シェルビーとの結婚生活がデートを重ねている恋人時代と変わらないのなら、それでじゅうぶんだ。狂気じみた愚かな振る舞いや叫び声の応酬などとは無縁の生活を送れる。もともと結婚に過剰な期待を抱いていないうえに、運命や宿命に導かれる大恋愛を信じているわけでもない。結婚生活には新鮮な驚きなど必要ないと感じている以上、相手がシェルビーみたいなふつうの女性で、しかもとびきりの美人とくれば、それで満足できるはずだ。きっとパートナーとしてうまくやっていけるだろう。

そして家族になる。ホリーのために。

「シェルビー」名前を呼んだところで、緊張するあまりいきなり喉が締めつけられ、声が詰まった。マークは咳払いをしてから言葉を続けた。「きみはどう思うかな……ぼくが真剣なつきあいをしたいと言ったら？」

シェルビーがマークの腕の中で体の向きを変え、彼の顔を見あげた。「つまり、わたしとあなたはとりあえずじゃなくて、本物の恋人同士になるの？　ほかの人と会ったりするのもなしで？」

「そうだ」

美しい顔に満足げな微笑みが浮かぶ。「たったいまあなたがしたことが、四番めの兆候よ」シェルビーは体の向きを戻し、マークに背中をもたせかけた。

6

ワシントン・ステート・フェリーをよく知る者なら、船の出発が頻繁に遅れることは承知している。海が荒れている場合もあれば潮位が低すぎる場合もあるし、船内での車の事故や急病人の発生、整備の問題など、遅れる理由はさまざまだ。不幸にもその日曜日の午後の便が遅れたのは、〝安全な航行に必要な修理のため〟という理由だった。

マークは、フェリーに乗る車がつくる長い列で少しでもいい位置につけようと出発予定時間の一時間ばかり前に港へ到着していたので、すっかり手持ち無沙汰になってしまった。空がどんよりと曇って霧が立ちこめ、ときおり冷たい雨が落ちてくる天候の中、やはり早く来ていたほかの客たちはそれぞれ車から降りて犬を歩かせたり、軽食や雑誌を買いにフェリー乗り場の建物へ向かったりしていた。

いらだって落ちつかない気分のまま、マークもそちらへ向かった。空腹が限界に達しようとしているせいだ。風邪を引いていたシェルビーが朝食をとりに外へ出る気分になれず、おまけに彼女のアパートメントにはシリアルしか置いていなかったのだから無理もない。

とはいうものの、この週末はシェルビーといい時間を過ごせた気がする。ふたりはどこへも出かけずに家で映画を観て、土曜日の夕食には中華料理のテイクアウトを食べ、いろいろなことを話しあった。

ロザリオ海峡から冷たい風が吹きつけ、まじりけのない潮の香りを運んでくる。上着の襟もとから入ってくる風が、冷たい指のごとく肌をなぞっていった。マークは家に帰ることと……自分でもよくわからないほかの何かを切実に欲しながら海の空気を吸いこんだ。

マークはフェリー乗り場の建物に入っていき、自動販売機の近くに重そうな布製のバッグを持った女性がいるのに気づいた。彼女の長く伸びた赤毛を見ているうちに、意思とは無関係に唇が勝手に笑みを形づくる。

マギー・コンロイだ。

週末のあいだ、何度もマギーの姿が頭に浮かんだ。暇な時間ができるたび、次はいつどんな形で会うのだろうという思いが胸をよぎった。高まる一方の好奇心は不安になるほどだ。好きな朝食は？　ペットは飼っているのか？　水泳は得意？　心にわきあがる疑問を無視しようとすればするほど、マギーへの好奇心はますますふくれあがった。

マークは横から近づいていき、自動販売機をのぞきこんでいる美しい顔の眉間にしわが寄っていることに気づいた。人の気配を感じとったマギーが顔をあげる。記憶の中ではいきいきとした輝きを放っていた瞳が、見る者の胸を打つもろさをたたえた瞳に変わっていた。その変化に思いがけないほど強く心をゆさぶられ、マークはすっかりうろたえてしまった。

この週末のあいだ、マギーに何があったんだ？　一緒に過ごすと言っていた家族と喧嘩にでもなったのだろうか？　それとも何か悩みごとが？

「そいつを食べるのはやめたほうがいい」マークはガラスケースに陳列されたジャンクフードを示した。

「どうして？」

「自動販売機の食品には賞味期限が書かれていない」

マギーはマークの言葉を確かめようとケースをのぞきこんだ。「そうなの？　トゥインキー（クリーム入りのスポンジケーキ）に賞味期限がないというのは都市伝説で、実際の賞味期限は二五日なのよ」

「わが家の棚に入れたら、三分も経たないうちになくなるけどね」マークはマギーと目を合わせた。「ランチでもどうかな？　フェリー会社の話では、出港まで少なくともあと二時間はかかるみたいだ」

ずいぶんとためらってから、マギーが尋ねた。「ここで食べるの？」

マークは首を振った。「少し離れたところにレストランがある。歩いて二分くらいだよ。きみの荷物はぼくの車に積んでおけばいい」

「ランチくらいならいいわよね」マギーが自分に言い聞かせるように言う。

「いいと思うよ。ぼくはほとんど毎日食べている」マークはマギーのバッグに手を伸ばした。「荷物を持つよ」

うしろを歩いていたマギーが、建物を出たところでマークに話しかけた。「わたしが言いたいのは、わたしたちがおなじテーブルでランチをとってもいいのかどうかってことよ」

「きみしだいだけど、別々のテーブルでもぼくはかまわないよ」

マギーの明るい笑い声がマークの耳に響く。「一緒でいいわ」彼女はきっぱりと言った。「でも、口はきかないわよ」

ふたりで道の端を歩いていると、霧が深くなって細かな雨に変わっていった。濡れた空気が白く色づいているようにも感じられる。

「雲の中を歩いているみたい」マギーが深く息を吸いこんだ。「子どもの頃、雲ってきっととてつもなくおいしいに違いないと思っていたわ。ある日、デザートにボウルいっぱいの雲が欲しいって母にねだったの。そうしたら母が、お皿にホイップクリームを山ほど盛りつけてくれたわ」にっこりして言葉を続ける。「思っていたとおり、とてもおいしかったわよ」

「でも、そのときだって、雲じゃなくてただのホイップクリームなのはわかっていたんだろう？」マークは、霧の湿気がマギーの赤い巻き毛をふくらませていく様子に魅入られながらきいた。

「もちろんよ。でも、かまわなかった。大事なのは……想像力なの」

「ホリーのためにどこで現実と空想のあいだの線を引いたらいいのか、ぼくにはよくわからないんだ」マークは言った。「学校じゃ現実に存在した恐竜について教えるのとおなじ教室で、サンタクロースへの手紙を書かせている。そんな状況で、何が現実で何がそうじゃないのか、ぼくはホリーにどう教えればいい？」

「サンタクロースのこと、何かきかれた？」

「ああ」

「どう答えたの?」

「ぼくはサンタクロースの存在を信じるかどうか決めかねていると答えたよ。でも、たくさんの人たちが信じているから、ホリーも信じたいなら信じればいいってね」

「それでいいのよ」マギーが言った。「幻想とか空想とかって、子どもにとって大切だと思うわ。想像力の羽を伸ばすように教えられた子のほうが、そうじゃない子より空想と現実の線引きが上手になるのよ」

「誰がそう言った? 壁にかかった家に住んでいる妖精かい?」

マギーがにんまりする。「口の減らない人ね。いいえ、クローバーに教わったんじゃなくて、本で読んだの。本が好きなのよ。とくに子どもに関する本なら、何だって面白いと思ってしまうわ」

「ぼくはもっと勉強が必要だな」マークは哀れっぽい声で言った。「ホリーの子ども時代を台なしにしちゃいけないと、とにかくそればかり考えているんだ」

「わたしの知るかぎりでは、あなたは立派にやっているわよ」マギーがおそらく無意識のうちにマークの手を握り、勇気づけるように軽く力をこめた。握られた側としては、たぶんそう解釈すべきなのだろう。しかし、マークが手を握り返すと、自然だったはずの仕草が、急に別のもっと親密な、たがいの所有欲を刺激する行為に変わった。マギーの手の力がゆるむ。マークは彼女の迷いを自分のもの同然に感じとることができた。手を握りあっていきなり芽生えた、決してみずから望んだわけではない喜びに戸惑っているのだ。

ただ肌と肌が触れあっているだけなのに、受けている衝撃は世界が傾いてしまうかと思えるほど大きい。自分の反応がたんに身体的なものだけなのか、それとも別の何かを含んでいるのか、マークにはよくわからなかった。理屈など通用しない、いろいろな感情が入りまじったまったく未知の感覚だ。

今度は完全に、マギーが手を引き抜いた。

しかし、それでもなお、マークはマギーの指を感じていた。まるで手があらゆる感覚を駆使して、さっきまで触れていた指の感触を吸収しようとしているみたいだ。

ふたりはレストランに入っても、言葉を交わさなかった。店のインテリアはよく磨かれた黒い木で統一されている。テーブルや椅子は傷だらけの年代物で、古い壁紙はすり減って柄も定かではなくなっていた。きっとできた当初は立派な理想を掲げた格調高い店だったに違いない。それがやがて時代の波にのみこまれ、あらがいきれずに理想のハードルをさげて観光客を相手にせざるを得なくなったのだろう。それでも時間をつぶすにはじゅうぶんな場所だし、海峡を望む景色も満喫できる。

愛想のないウエイトレスがやってきて、ふたりに飲み物は何にするかと尋ねた。マークはいつものビールではなくウイスキーを注文した。マギーはマークが注文する前にグラスワインの赤を頼んでいたが、注文を変えた。「ちょっと待って。わたしもウイスキーにするわ」

「ストレートでいいですか？」

マギーがマークに視線で問いかける。

「彼女にはウイスキーサワーを頼むよ」ウエイトレスが無言でうなずいて立ち去った。

その頃までには、マギーのくせ毛は濡れたためにすっかり復活し、ストレートヘアのときとおなじ人物とは思えないほど大きく広がっていた。あちこちに向かってカールした赤毛を見ているだけで、いともたやすく心までからめとられてしまいそうな気分になる。マークは、目の前の女性に惹かれている自分を否定するのは無理だとはっきり悟った。いままでさまざまな女性たちに感じてきた魅力や、自覚のないうちに惹かれていた点を、ぜんぶひとつにまとめて完璧な花束にしたのがマギーだ。

ウエイトレスが立ち去る前に、マークはボールペンを借りていた。

紙ナプキンに文字を書いていくマークの姿を眺めながら、マギーはかすかに眉をあげた。彼女はやがて、差しだされた紙ナプキンを受けとった。

〝週末はどうだった？〟

マギーはにっこりした。「さっきのは冗談よ。話してもかまわないわ」紙ナプキンを置いてマークを見つめ、徐々に笑みを消して小さくため息をつく。「わからない、というのがこの質問への答えね」両のてのひらを上に向け、複雑な状況なのと言いたげな身振りをした。「あなたはどうだったの？」

「ぼくもよくわからない」

ウエイトレスが飲み物を運んできて、料理の注文をとって書きとめた。ウエイトレスが去るなり、マギーはウイスキーサワーを口に含んだ。

「気に入ったかい？」マギーが下唇に残った液体をなめる。赤い舌の繊細な動きを目にしたマークは心臓の動きが二段階ほど速くなった。「きみの週末の話を聞かせてくれないか」

「夫が亡くなって、土曜日でちょうど二年だったの」マギーが暗い目をしてグラスの縁越しにマークを見た。「ひとりでいたくなかったのよ。夫の実家に行こうかとも思ったんだけど、共通の話題といえば彼のことしかないから気が進まなくて……。だから……自分の実家に行ったの。週末のあいだ、大勢の人に囲まれていたのに孤独だったわ。おかしな話よね」

「そんなことはない」マークは静かな声で答えた。「わかるよ」

「今年の命日は一年めとは違っていたわ。去年は……」マギーが小さく頭を振り、両手を動かして何かを振り払う仕草をした。「とにかく、今年はエディのことを思いださない日が増えたと実感させられたわ。何だか申し訳ない気分になっちゃった」

「彼は何と言うだろうね？」

しばし答えをためらったあと、マギーはウイスキーサワーに向かって微笑んだ。その瞬間、マークは死んでしまったあとでも目の前の女性から笑顔を引きだせる男に対して、胸が痛くなるほどの嫉妬を覚えた。「エディだったら、罪の意識を感じる必要はないと言ってくれるはずよ。きっとわたしを笑わせようとするわ」

「どんな人だったんだい？」

マギーがウイスキーサワーをもうひと口飲んでから答えた。「前向きな人だったわ。何に関しても明るい面を見つけて話してくれるの。癌についてさえもそうだった」

「ぼくはうしろ向きだな」マークは言った。「たまにうっかり前向きになるけどね」

マギーが笑みを大きくした。「うしろ向きな人も好きよ。だって、船で救命胴衣を持ってきてくれるのは決まってそういう人だもの」目を閉じて続ける。「いやだわ、もう酔っ払ってしまったみたい」

「大丈夫だよ。ぼくがちゃんとフェリーに乗せるから」

マギーがゆっくりとテーブルの上で手をすべらせてきた。少し丸めた繊細な指の背で、おずおずとマークの手の甲に触れる。この行動をどう受けとったらいいのか、男であるマークにはわからなかった。「週末のあいだに父と話したわ。父は昔から、子どもたちに向かって何かしろとは絶対に言わないの。子どもの頃にもう少し無理強いしてくれたら、できたことだってあったのにと思うくらいよ。ところがその父が、わたしにほかの人とデートをしろと言っていたわ。〝デート〟よ。最近ではそういう表現はあんまり使わないみたいだけど」

「いまどきは何て言うんだい？」

「簡単に〝出かける〟とかって言うみたいね。あなたはシェルビーと週末に一緒にいたいときに何て誘うの？」

「週末を一緒に過ごさないかと誘うね」マークは手を返し、てのひらを上にした。「それで？　きみはお父さんの意見に従うつもりなのか？」

マギーがしぶしぶといった様子でうなずいた。「でも、昔からそういうのは嫌いなのよね」飲み物を見つめながら感情をこめて言う。「知らない人に会うのも、そのときの気まずい感じも苦手だわ。最初の五分でつまらないと思った人とずっと一緒にいなければならないのもやりきれないし。インターネットの〈チャットルーレット〉みたいに、気に入らない人はパスしてすぐ次の人に替えられたらいいのに。最悪なのはふたりとも話すことがなくなったときよ」マギーがそれと意識せぬまま指でマークの手をもてあそびはじめ、曲げた指をさりげなくなぞっていった。触れられる喜びが神経を通じてマークの腕全体に広がっていく。

「きみが言葉に詰まることがあるなんて、想像できないな」

「あら、あるわよ。話している相手がいい人すぎるときは、とくにそうなるわ。だって有意義な会話をしようと思ったら、それなりの不満も必要だもの。おたがいのどうしても我慢できないいやな点とか、ささいな不満とかを乗り越えて結ばれる関係が理想よ」

「きみのいちばんのささいな不満は何だい？」

「カスタマーサービスに電話をかけても、人と話せないことね」

「ぼくはウエイターが聞いた注文をメモしないのには我慢がならないな。メモをしてさえ、注文どおりの品が来たためしがないんだから。もしメモをとらずに頼んだ料理が来たとしても、それまでのストレスがとんでもなく大きいんだ」

「わたしは携帯電話で大声で話す人が嫌いだわ」

「ぼくは〝冗談で言うんじゃないけど〟っていう前置きが嫌いだ。無意味だよ」

「それは、わたしもたまに言うわ」

「ならやめてくれ。死ぬほど腹が立つんだ」

マギーが笑みを浮かべたあと、マークの指をいじっていることに気づいてあわてて手を引っこめた。「シェルビーはいい人？」

「とてもね。でも、どうにか我慢しているよ」マークはウイスキーのグラスを手にとり、一気に飲み干した。「ぼくの人づきあいの信条は、最初にいい顔をしすぎないことだ。あまりにいい第一印象を残してしまうと、あとは悪くなるしかないからね。幻想にすぎない最初の印象どおりに生きなければならないのはつらい」

「一理あるわね。でも、第一印象がよくないと、二度と会いたくないと思われてしまうかもしれないわよ」

「ぼくはちゃんとした収入のある独身男だよ」マークは言った。「二度めのチャンスはかならずある」

マギーは声をあげて笑った。

ウエイトレスが料理を運んできて、グラスをさげながら尋ねた。「お代わりは？」

「もう一杯と言いたいところだけど……」マギーが名残惜しそうに言う。「やめておくわ」

「どうしてだい？」マークは尋ねた。

「すでに少し酔っているもの」マギーはおどけて両目を寄せてみせた。

「完全に酔っ払ったら、やめればいい」マークはウエイトレスに向かってうなずいた。

「もう一杯ずつ頼むよ」

「わたしを酔わせようとしているの？」ウエイトレスが立ち去ってから、マギーが疑わしげな視線でマークを見た。

「そうだ。きみを酔わせてから、血沸き肉躍るフェリーの船旅に連れだすのがぼくの狙いだからね」マークは水が入ったグラスをマギーのほうに押しやった。「二杯めが来る前に飲んでおけばいい」

マギーが水を飲んでいるあいだに、マークはシェルビーとの週末について話し、男が見せる結婚に向けた五つの兆候の話をした。

「でも、最後のひとつは教えてくれなかった。きみは何だと思う？」

答えを考えるマギーの表情が愛らしく移り変わっていく。美しい顔の鼻梁にしわができ、目が細くなり、歯が軽く唇をかむ様子を、マークはじっと見つめた。「新居探しかしら？　それとも子どもをつくる話をはじめるとか？」

「それは困るよ」マークは顔をしかめた。「ホリーがいる。いまはあの子だけで手一杯だ」

「そのあとは？」

「わからない。子どもをつくるより、まずはホリーをきちんと育てることがいまは重要だ」

マギーの瞳に共感の色が浮かんだ。「あなたの人生は以前とはだいぶ変わったみたいね。違う？」

マークは相手に自分を理解してもらいたいというなじみのない欲求に駆られつつ、どう答えたらいいのかと考えた。これまで他人に心の内を打ち明けたいと感じた経験はなく、そんな告白には意味がないとすら思っていた。共感を寄せられるのは同情の一歩手前の気がするし、同情されるくらいなら死んだほうがましだ。しかし、マギーの質問には答えたいと思ってしまう。尋ね方のせいだろうか。

「きみは何でもぼくとは違うものの見方をするんだな。きみは、これから子どもを送りだす世の中について考えるところからはじめている気がする。それに引き換え、ぼくはあの子が観ているテレビ番組にサブリミナル効果が仕掛けられているんじゃないかとか、遊んでいるおもちゃにカドミウムが入っているんじゃないかとか、そんな心配ばかりしてるよ」いったん言葉を切って考える。「きみは子どもが欲しいと思っていたのかな……その……亡くなったご主人とのあいだに」なぜかマギーの死んだ夫の名前を口にするのははばかられた。口に出してしまうと、ふたりのあいだに見えないくさびが打ちこまれてしまう気がした。

「欲しいと思っていたわ。でも、いまは違う。だから自分の店がこんなに好きなのかもしれない。重い責任を背負わずに子どもに囲まれていられるから」

「再婚したらまた欲しくなるかもしれないな」

「それはないわ。再婚する気がないもの」

マークは首をかしげて問いかける表情をつくり、マギーを見つめた。

「一度結婚したのを……」マギーが答えた。「後悔するつもりはないわ。だけど……もうじゅうぶん。エディが癌と闘っていた一年半、わたしはみずからも強くあろうとして持てる力をすべて出しきったのよ。ほかの人に捧げる力は、とてもじゃないけど残ってないわ。誰かとつきあうことはできても、完全にその人のものにはなれないの。筋が通らないかしら？」

大人になってからはじめて、マークは自分本位ではない理由で女性を抱きしめたくなった。情熱のためではなく、なぐさめを与えるためだ。「いいや、わかるよ」やさしい声で言う。「でも、いずれ気持ちは変わるかもしれない」

ふたりはランチを終え、フェリー乗り場まで歩いて戻った。雨はとても細かく、降っているというよりも漂っているみたいに見える。空はあいかわらずどんよりしていて、低い雲が全体を覆い尽くしていた。世界は濃淡のあるグレーに塗りこめられ、そこにマギーの鮮やかで魅惑的な赤い巻き毛がめりはりを与えている。

両手でマギーの赤い髪をもてあそべるなら何でもするというのがマークの正直な心境だった。歩いていても、小さな手をとりたいという衝動が突きあげてくる。しかし、もはや気軽には触れられなくなってしまった。マギーを欲する気持ちが気軽なものではないためだ。

しかし、マギーに惹かれるのはたんにシェルビーとの関係を一歩進めたからであって、無意識のうちに逃げ道を探しているだけという可能性もある。〝走りだした道を進め〟マークは自分に言い聞かせた。〝よそ見は禁物だ〟

ふたりの会話は車をフェリーに乗せてデッキの客室で座席を見つけるあいだは中断を余儀なくされたものの、再開したあとはさまざまな内容におよんだ。話の合間にときおり訪れる沈黙も、セックスのあとで汗にまみれて横たわるときの沈黙さながらに心地よかった。

マークは必死になってセックスのことを考えないようにした。マギーをベッドにいざなって、あらゆることをしてみたい。彼女の中にゆっくりと深く身を沈め、ときに流れに任せ、ときに引き延ばしつつ、何度も動きを繰り返す。マギーを組み伏せたり、自分が下になったりしながら、ぴったりと体を密着させて抱きあうのだ。おそらく華奢な体はわずかなそばかすを除けば真っ白だろう。いまは隠されているそばかすを両手と唇でたどっていき、震えと激しい鼓動を引きだす……。

フェリーが到着間際になっても、マークはマギーと離れたくない一心で客室にとどまりつづけ、そのせいで船内の駐車スペースに向かうのも最後のほうになってしまった。空は雲が薄くなり、白っぽい色に変わっている。いつも同様、島に戻った安堵感がマークの胸に広がっていった。島の空気は本土よりもずっとやわらかくて呼吸がしやすく感じられるし、本土では緊張して張りつめていた気分も島に帰ると一気にほぐれていく気がする。デッキで下船を待つほかの乗客たちもみなおなじ心境なのか、こわばっていた肩からいっせいに力を抜いたように見えた。

そろそろ車に向かわないとフェリーから降りる車の流れを妨げ、みんなに迷惑をかけてしまう。ほかのドライバーたちの怒りの表情と向きあうのはもちろん避けたいが、マギーを見たとたん、マークの全身が立ち去りたくないと叫び声をあげはじめた。

「車で送ろうか？」マークは尋ねた。

マギーがすぐさま首を振った。赤い巻き毛が細い肩をかすめる。「近くに車をとめてあるから」

「マギー」マークは慎重に告げた。「よかったら今度――」

「だめよ」マギーは申し訳なさそうな笑みを浮かべた。「あまり親しくなっても意味がないわ。その先につながる可能性はないのよ」

マギーの言葉は真実を突いていた。

あとは、別れの挨拶を残すばかりだ。いつもであれば別れの言葉には苦労しないマークも、今回ばかりはすんなりとはいかなかった。〝また今度〟や〝元気で〟ではあまりにも軽すぎてそぐわない。かといって、この船旅がいかに自分にとって大きな意味を持ってしまったかを告げたところで、マギーに歓迎されるはずもなかった。

結局、その葛藤を解決してくれたのはマギーだった。マークが別れの言葉を告げなくてすむようにしてくれたのだ。彼女はにっこりして、言葉に詰まるマークの胸に手を置いて軽く突いてみせた。

「行って」マギーは告げた。

マークはその場を離れ、振り向くことなく足音を響かせながら、狭い鉄の階段をおりていった。マギーの手が触れた胸の奥で、心臓が激しく打っている。車に乗りこんでドアを閉め、シートベルトをつけた。青信号が点灯するのを待つあいだ、何かとても重要なことを逃してしまった気がして、マークはうしろ髪を引かれる思いにさいなまれつづけていた。

7

一〇月の到来とともに、ホエールウォッチングとカヤックのシーズンが終わりを告げた。サンファン島を訪れる観光客はあいかわらず多いけれど、夏の最盛期よりはやや落ちついている。この土地で店を開いていて観光客たちによく尋ねられるのはフライデーハーバーという地名の由来だ。答えなければならない立場のマギーもすぐに有名なふたつの説を覚えた。人気があるのは地元の言い伝えから来ている説で、その昔、ある船の船長が港に入るときに〝この港《ベイ》の名は？〟と尋ねたのを、部下が〝今日は何曜日《ディ》だ？〟と聞き間違えて〝金曜日《フライデー》です〟と答えたのが発端だというものだ。

しかし、この説は誤りで、実際にはもうひとつの説が正しい。フライデーハーバーの名はハドソン湾会社のために港の一〇キロほど北でヒツジを飼っていた、ジョセフ・フライデーというハワイ出身の人物からとられた。岸に近づいた船の船員たちがジョセフの野営地から立ちのぼる煙を見て、〝フライデーの港《ハーバー》〟が近いことを知る。

そうしてイギリス人たちがまずフライデーハーバーと呼ぶようになり、それが徐々に定着していったというのが真相だ。

サンフアン島は一八七二年に所有権がアメリカに移ってから本格的な産業の発展がはじまり、北西部きっての華やかな街になった。主役となったのは材木、製材、サーモン加工の会社などだ。そして時を経るにつれ、港と海辺の地域一帯を占める光景が、輸送船と缶詰工場から、個人所有のクルーズ船と高級住宅へと変わっていった。いまでは観光が島の経済の柱となり、夏のあいだに最盛期を迎える傾向があるとはいえ、一年を通じての主産業に成長している。

空気に秋の気配がまじって木々の葉が色づくと、サンフアン島の住民たちはこれからやってくるホリデーシーズンに向けた準備をはじめる。収穫祭や農場の人々が開く直販の市場、ワインの試飲会や画廊のイベント、劇場での芝居などで島じゅうがにぎわう時期だ。マギーの店も客足が衰える気配はなく、地元の人々がたくさんやってきては、ハロウィンの衣装や早めのクリスマスプレゼントを買っていった。あまりの忙しさに、エリザベスの娘たちのひとり、ダイアンをパートタイムの店員としてあらたに雇ったほどだった。

「これであなたも少し楽ができるわね」エリザベスがマギーに言った。「一日くらい休んだって死にはしないわよ。それくらいはわかっているでしょう?」

「店にいるのが楽しいのよ」

「店の外でも楽しみを探しなさいな。たまには身長が一三〇センチ以上ある人とも話さないと」エリザベスの頭の中で、ある考えがひらめいた。「ロシェハーバーのスパでマッサージを受けてきなさいよ。セロンっていう新人のマッサージ師《メスース》がいてね。友だちの話だと、彼のマッサージは天使の手かと思うほど上手らしいわ」眉を動かしながら、老婦人はマギーに言った。

「男性だったらメスースとは言わないわよ」マギーは答えた。「マッサージ師の男性形が何だったかは忘れたけど」

「いいから、予約して毎週通いなさい」エリザベスが勧める。「もしセロンが独身なら、あなたからデートに誘えばいいわ」

「客がマッサージ師を誘うなんて無理よ」マギーは抗議した。「医者と患者みたいなものじゃない」

「わたしはかかりつけのお医者さんとデートしたわよ」

「本当に?」

「本当よ。診療所まで行って、主治医を変えると宣言したの。彼はびっくりして理由をきいてきたわ。そこで、こう答えたのよ。〝金曜の夜に先生に食事に誘ってほしいからです〟ってね」

マギーは目を見開いた。「それで、そのお医者さんはあなたを誘ったの？」

エリザベスがうなずく。「半年後にわたしと結婚したわ」

「素敵な話ね」マギーはにっこりした。

「それから四一年、彼が亡くなるまで一緒に暮らしたの」

「残念だわ」

「とても素敵な人だったのよ。できるならもっと長く一緒にいたかった。でも、愛する人を失って悲しいからといって、友だちづきあいを楽しんでいけないわけじゃないわ。一緒に旅行をしたり、メールのやりとりをしたり……むしろ、そういう友だちがいないとやっていけないものよ」

「わたしにもいい友だちはいるのよ」マギーは答えた。「ただ、みんな結婚しているし、エディと一緒だった頃からの友だちが多いから……」

「彼を思いだしてしまうのね」エリザベスが先回りして言った。

「ええ」

老婦人がうなずく。「あなたはもうあたらしい人生を踏みだしているのよ。古い友人は大事にするべきだけど、あたらしい友人をつくっても害にはならないわ。もちろん親しくなるのは独身男性のほうが好ましいけど……そういえば、独身男性で思いだしたわ。もうエレン・スコラーリにサム・ノーランを紹介してもらった？」

「どうしてその話を知っているのよ？」

エリザベスが満足そうな表情で答えた。「わたしたちは島で暮らしているのよ、マギー。噂話だって、島の中でぐるぐる回るしかないの。それで？　サムとはもう会ったの？」

マギーは動揺し、花瓶に挿したばかりのラベンダーを整えはじめた。マークの弟とデートをするなど、とても考えられない。目の形にせよ声の調子にせよ、少しでも兄と似ているところに気づいたら、みじめな思いをするに決まっている。

ありのままのサムを受け入れる気にはなれないだろうし、それでは彼にとって公平な状況ではない。マギーにしても、どうしたって違和感を消せないはずだ。

サムはマークではないのだから。

「エレンには、いまのところ誰ともつきあう気はないからって断ったわ」マギーは答えた。

「でも、マギー」エリザベスが当惑した声で言った。「サム・ノーランはとびきり素敵で性格もいい独身の男性よ。いまはブドウ園の仕事が忙しすぎるから、たまたま恋人がいないだけだわ。ワイン関係の仕事をしているなんて魅力的じゃないの。こんないい機会はめったにないわよ」

マギーはうさんくさそうにエリザベスを見つめ返した。「そんなに若くて素敵な独身の男性が、わたしなんかとつきあいたがると思う?」

「あら、どうして思っちゃいけないの?」

「わたしは未亡人よ。重荷を抱えて生きているのとおなじだわ」

「何かしらの重荷を抱えていない人なんているのかしら?」エリザベスが舌打ちした。「いいかげんになさいな。未亡人であることを気兼ねする必要なんてないのよ。人よりいささか人生経験が豊富なだけなんだから。しかも、かつて愛されていたといういい経験よ。わたしたち未亡人は人生や楽しみに感謝することを知っていて、心に秘めた思い出を楽しむすべを心得ているの。サム・ノーランはあなたが未亡人だからってこれっぽっちも気にしないわ。わたしを信じなさい」

マギーは微笑んで頭を振り、カウンターのうしろに置いてあったバッグを手にとった。「ランチに〈マーケット・シェフ〉でサンドイッチを買ってくるわ。何がいい?」

「パストラミ・メルトをお願い。チーズは多めでね。あとオニオンも」マギーがドアのところまで来たとき、エリザベスが陽気につけ加えた。「とにかく、ぜんぶ多めにしてもらって！」

〈マーケット・シェフ〉はとても評判のいいデリで、島でいちばんのサンドイッチとサラダを出す。ランチの時間帯はいつもこみあうけれど、行列に並ぶに値する店だ。新鮮なサラダやパスタ、完璧なミートローフのスライス、そして分厚い野菜のキッシュでいっぱいのショーケースをのぞきこむと、マギーはいつも片っ端から注文したくなる衝動に駆られてしまう。今日は結局、カニとアーティチョークとチーズをこんがり焼いたトーストではさんだサンドイッチを選び、エリザベスのパストラミ・メルトと一緒に頼んだ。

「お持ち帰りですか？」カウンターのうしろにいる若い女性が尋ねた。

「ええ、お願い」レジの近くにあるガラスの容器に入ったチョコレートチップ・クッキーを見て、マギーはつけ加えた。「無視できるわけがないわね。クッキーもちょうだい」

女性が微笑む。「ひとつですか、それともふたつにしますか？」

「ひとつでいいわ」

「すぐにサンドイッチをお持ちします。よかったら、座ってお待ちください」

マギーは窓際の席に腰をおろし、待っているあいだ通行人を眺めていた。本当にすぐさま、女性が白い紙袋を手にやってきた。「お待たせしました」

「ありがとう」

「それから……」女性がマギーに紙ナプキンを手渡した。「これをあなたにと」

「誰が？」マギーはあっけにとられてきいたものの、女性はすでに別の客の注文をとりにかかっていた。

手にした白い紙ナプキンに視線を落とすと、そこには手書きの文字が書かれていた。

〝やあ〟

ますます困惑し、マギーは店内に視線を走らせた。隅のテーブルにマーク・ノーランとホリーがいるのに気がつき、思わず息をのむ。目が合うと、マークがゆっくりと唇を動かして微笑んだ。

マギーは無意識のうちに紙ナプキンを握りしめ、しわくちゃにしていた。ただマークの姿を目にしただけだというのに、幸せに胸が高鳴っている。何てことかしら。船で一緒にいたひとときはその場で感じていたほど魔法じみていなかったと、何週間もかけて思いこもうとしてきたのに。

しかし、本当にあのひとときが魔法じみていなかったのだとしたら、人ごみで黒髪の男性を見かけるたびに動悸がして、呼吸が乱れてしまう最近の状態に説明がつかない。それだけではない。眠っているあいだにもぞもぞと体を動かしたせいでシーツが両脚にからまり、目覚めたあとにマークの夢を見ていた喜びで心が満たされる。一度ならずそんな夜を過ごした理由もわからないままになってしまう。

マークが席を立ってホリーと一緒に近づいてくる。恐ろしいことに、マギーは目もくらむばかりの陶酔感を覚えた。たちまち全身が髪の生え際まで真っ赤に染まっていく。心臓も体の中を暴れ回っているみたいに激しく打ちはじめた。彼を直視できないけれど、完全に目をそらすこともできない。サンドイッチの入った紙袋を手に、混乱したまま立ち尽くしているのがやっとだった。

「こんにちは、ホリー」マギーは、ブロンドの髪をふたつに分けて縛り、こぼれんばかりの笑みを浮かべている女の子に向かってどうにか言った。「元気にしてた?」

走り寄ってきたホリーに抱きつかれて驚いたものの、紙袋を持っていないほうの腕を小さな体に回して抱擁を返す。

ホリーが腰にぶらさがるようにして、笑顔でマギーを見あげた。「昨日、歯が抜けたの」にっとして、下の列にできたばかりの隙間を見せる。

「よかったわね」マギーは陽気に応じた。「これでレモネードを飲むとき、ストローを挿すところがふたつになったじゃない」

「歯の妖精が一ドルもくれたんだよ。友だちのケイティは五〇セントしかもらえなかったんだって」

「妖精が？」マギーは驚いて、隣に立つ男性に視線を移した。ホリーが架空の生き物を信じることを、マークはよく思っていなかったはずだ。

「完璧な歯だったからね」マークが言った。「あの歯だったら、たしかに一ドルの価値はある」視線をホリーからマギーに移して続ける。「ランチのあと、きみの店に行こうと思っていたんだ」

「何か探しているものでもあるのかしら？」

「妖精の羽が欲しいの」ホリーが答えた。「ハロウィンで使うんだ」

「まあ、妖精になるの？　うちには杖もティアラもあるし、羽もたくさんあるわよ。一緒にお店まで行く？」

ホリーがうれしそうにうなずき、マギーの手を握ろうと腕を伸ばした。

「荷物を持とう」マークが申しでた。

「ありがとう」マギーは紙袋をマークに渡し、三人はそろって〈マーケット・シェフ〉をあとにした。

歩いているあいだ、ホリーはいきいきとしていた。友人のハロウィンの衣装や、どんなキャンディが欲しいのか、そしてキャンディをもらい終わったあとで行くことになっている収穫祭について明るく語りつづける。マークはほとんど口をはさまずにふたりのうしろからついてきたが、マギーは彼の存在を背中でひしひしと感じていた。

店に着いてすぐ、マギーはホリーを妖精の羽が置いてある棚へと連れていった。どの羽もリボンの飾りがついて光り輝き、渦を巻く模様が描きこまれている。「ここよ」

エリザベスがやってきて言った。「あら、妖精の羽を買いに来たの？　素敵ね」

ホリーは不思議そうな顔で老婦人を見た。エリザベスはつばにヴェールがついた三角帽をかぶり、長いチュールのスカートをはいて魔法の杖を手に持っている。「どうしてそんな服を着てるの？　ハロウィンはまだ先なのに」

「これはね、お店でお誕生日会をするときに着る服なの」

「お誕生日会？」ホリーが尋ね、きょろきょろと店内を見回した。

「奥にパーティールームがあるのよ。見たい？　きれいに飾りつけもしてあるわ」

ホリーに視線を向けられたマークがうなずくと、姪はうれしそうにスキップしながらエリザベスのあとをついていった。マークは複雑な笑みを浮かべ、ホリーのうしろ姿を愛情と心配の入りまじった目で見送った。「最近、いつも跳ねているんだ」マギーに視線を戻して言う。「長居はしないよ。ランチの邪魔はしたくない」

「いいのよ。それより……」マギーは、まろやかな蜂蜜をスプーンですくって何杯ものみこんだみたいに素敵な気分だった。「元気にしてた？」

「元気だよ。きみは？」

「元気よ」マギーは答えた。「あなたとシェルビーは……」〝婚約したの〟と問う声が喉に引っかかって出てこない。

質問を察したマークが答えた。「まだだよ」いったん言いよどんでから、ふたたび言葉を続ける。「きみに持ってきたんだ」カウンターの上に置かれたのは、細くて背が高い魔法瓶だった。蓋の部分が小さなカップになっている。マークが持って歩いていたことに、マギーはまるで気づかなかった。

「もしかして、コーヒー？」

「そうだ。ぼくが焙煎して淹れた」

マークの厚意に、マギーは必要以上にうれしくなった。「悪い影響を与えるつもりね」

彼はかすれ気味の声で答えた。「そうありたいね」

それは甘美なひとときだった。マークと並んで立っているうちに、一歩足を進めてふたりのあいだの距離を詰めたいという禁断の空想がマギーの頭をよぎった。熱くほてった硬い体にみずからの体を押しつけ、力強い抱擁を感じたい。

マギーがコーヒーの礼を言うより先に、ホリーを連れたエリザベスが戻ってきた。パーティールームのきれいな飾りつけと、たくさんある小塔にろうそくが立てられた城の形のケーキにすっかり興奮したホリーは、おじに駆け寄って一緒に見てとせがんだ。マークがやさしい笑みを浮かべ、小さな手に引かれて店の奥へ向かう。

それからしばらくして、マークとホリーが選んだ商品をカウンターに積みあげた。妖精の羽とティアラ、それに丈の短いグリーンとパープルのチュチュだ。エリザベスが会計をしながら親しげにふたりと会話を交わしているあいだ、マギーはほかの女性客の相手をした。

ショーケースの上方にある棚にしまってある人形をとろうと、脚立式のスツールにのぼる。『オズの魔法使い』に出てくるドロシーとブリキ男、ライオンとかかしの人形の箱をそれぞれとりだしたところで、悪い魔女の在庫を切らしているのに気づき、マギーは欠品を客に告げなければならなかった。「一週間くらいでとり寄せられますよ」残念な報告のあとにつけ加える。

女性客がためらいを見せた。「たしかなの？　ぜんぶそろわないなら、別のものにしたいんだけど」

「いまから電話をかけて、間違いなく送ってもらえるかどうか確認してみますね」マギーはカウンターに顔を向けた。「エリザベス――」

「番号ならここよ」エリザベスは早くも電話番号のリストを指でなぞりながら言い、視線をあげて知りあいでもある女性客の顔を見て微笑んだ。「こんにちは、アネット。ケリーへのプレゼントかしら？　あの子はきっと『オズの魔法使い』を気に入ると思っていたわ」

「もう映画を五回は観ているわよ」女性は笑って答え、エリザベスが電話をかけているカウンターに向かって歩いていった。

マギーは棚から出した人形の箱を抱えてふたたびスツールにのぼり、棚にしまおうとした。動くたびに腕の中で重ねた箱がずれてしまい、体の均衡を保つのもひと苦労だ。

そのとき、うしろから二本の腕が伸びてきてマギーの腰を支えた。背後に立っている人物の正体に気づいたとたん、マギーはたちまち固まってしまった。腰にあてられたマークの力強い手はゆるぎなく巧みで、礼儀をわきまえたものだった。それでも、薄いコットンのTシャツ越しにぬくもりが伝わってきて、すぐに心臓が早鐘を打ちはじめた。このまま振り返ってマークと向きあいたいという抑えがたい衝動がこみあげて、ますます体が硬直する。彼の豊かな黒髪に指をからめてたくましい体を引き寄せたら、どんな気分がするだろう。そして、さらにきつく……。

「いったん箱をおろすかい？」マークの声が聞こえてきた。

「いいえ、だ……大丈夫よ」

マークは手を離したものの、万一に備えてマギーの背後にとどまった。

マギーは何度か箱をとり落としそうになりながらも、どうにか棚に突っこんだ。スツールからおりてマークと向かいあう。ふたりの距離はあまりにも近かった。太陽と海、空気と潮のにおいが入りまじった男性の香りに、マギーは感覚を刺激された。

「ありがとう」何とか口を開いて礼を言う。「コーヒーのことも。魔法瓶はどうやって返したらいいかしら？」

「今度とりに来るよ」

エリザベスがほかの数人の客の会計を終わらせ、ふたりに近づいてきた。「マーク、サムに一度会ってみなさいってマギーをけしかけているところなのよ。きっと楽しい時間を過ごせるわ。あなたもそう思うでしょう？」

ホリーがエリザベスの言葉に顔を輝かせた。「きっとサムおじさんのことが大好きになるわよ。とっても面白いの。それに、ブルーレイのプレーヤーだって持ってるんだから」

「まあ。それは大事なポイントね」ホリーに笑顔で答えて視線をあげると、マークの顔から完全に表情が消えていた。「わたしは彼と気が合うかしら？」マギーはきかずにいられなかった。

「あんまり共通点はなさそうだね」

「あら、ふたりとも若くて、しかも独身だわ」エリザベスが抗議の声をあげる。「それ以上にどんな共通点が必要だっていうの？」

今度は、マークがはっきりと不快そうな顔をした。「サムと会ってみたいのかい？」マギーに向かって尋ねる。

マギーは肩をすくめた。「忙しいの」

「その気になったら教えてくれ。何とかするから」マークがホリーに視線を移し、身振りで出口を示した。「そろそろ時間だよ」

「じゃあね！」ホリーが前に進みでてふたたびマギーに抱きつき、元気よく挨拶をした。

「またね、ホリー」

マークとホリーが店を去ったあとで店内を見回すと、ちょうどほかの客の姿もなくなっていた。

「ランチにしましょう」マギーはエリザベスに言った。ふたりで店の奥にある部屋に入り、テーブルにつく。もちろん、来客を知らせるドアベルの音には耳を澄ましておいた。エリザベスがサンドイッチの包みをはがしているあいだ、マギーはコーヒーが入った魔法瓶の蓋を回してはずした。とても豊かな、独特の香りが誘うように立ちのぼる。

目を閉じて意識を集中し、マギーはこくのある豊潤な香りを深く吸いこんだ。

「理由がわかったわよ」エリザベスの声が聞こえた。

マギーは目を開いた。「何の話?」

「あなたがどうしてサムに会いたがらないか、理由がわかったと言ったのよ」

マギーは息が詰まった。「違うわ。その……マークは関係ないのよ。誤解しているといけないから言っておくけど」

「彼があなたを見つめる様子をこの目で見たのよ」

「あの人はほかの人とつきあっているの。それも真剣な関係だって聞いたわ」

「あら、結婚式で〝誓います〟と言うまで勝負は終わらないわ。それに、マークはあなたにコーヒーを持ってきたじゃない」エリザベスはかり知れないほど重要なことだと言わんばかりに、大げさな身振りで魔法瓶を示した。「マークにしてみたら、ドン・ペリニヨンを贈るのにも等しいかもしれないわよ」物欲しげな目で魔法瓶をじっと見つめる。

「少し飲んでみる？」マギーは愉快な気分になって尋ねた。

「カップをとってくるわ」

コーヒーにはすでにミルクと砂糖が入っていた。かすかに湯気の立つキャラメル色の液体をカップに注ぐ。ふたりは無言のままカップを掲げて乾杯の仕草をし、コーヒーを飲んだ。

ただのコーヒーではない。はじめて体験する味だ。なめらかで濃厚、まろやかな口あたりで後味もいい。強さと甘さは申し分なく、苦みはまるで感じなかった。マークのコーヒーがマギーの全身を、つま先にいたるまであたためていった。

「驚いたわね」エリザベスが言った。「最高の味だわ」

マギーはコーヒーをもうひと口飲んだ。「じつは困っているの」沈痛な声音で打ち明ける。

老婦人が理解を示して表情をやわらげた。「マーク・ノーランに惹かれているのね」

「あの人とどうにかなってはいけないのよ。それなのに会うたび、いちゃついているみたいになってしまうの。そんなふうに振る舞っているつもりはないのに」

「それならまだ問題じゃないわ」エリザベスが言った。

「違うの？」

「違うわね。そういう雰囲気にならなくなったときこそ問題なのよ。だからいまはあまり深く考えずにいちゃついていればいいの。彼とベッドをともにしないためには、それしか手はないかもしれないわよ」

8

ハロウィンの当日、マークはサムにホリーをフライデーハーバーの催し物に連れていってくれるよう頼んだ。一緒に図書館で上映する映画を観て、キャンディをもらいに店を回り、屋外で開かれる子どもたちのパーティーに参加する役目だ。「〈マジック・ミラー〉に寄るのを忘れるなよ」最後につけ加える。

「本当にいいのか？」サムが疑わしげに尋ねた。

「いいんだ。みんながお前たちを引きあわせたがっているし、マギー本人も望んでいるみたいだからな。とにかく行ってみて、彼女を気に入ったらデートに誘えばいい」

「どうかな」サムが言った。「兄貴の顔が例の表情だ」

「例の表情って何だ？」

「誰かの尻を蹴りあげる寸前の顔になってる」

「誰の尻も蹴りあげる気はないよ」マークはおだやかに言った。「マギーは恋人でも何でもない。ぼくにはシェルビーがいるんだ」

「それじゃあ、マギーを誘ったりしたら、兄貴から横どりした気分になりそうな予感がするのは、いったいなぜなんだ?」

「横どりにはならないよ。ぼくにはシェルビーがいる」

サムが小さく笑って頭をかいた。「まるであたらしいお題目だな。まあ、いいか。とにかく、店はのぞいてくるよ」

その日の夜、ハロウィンを存分に楽しみ、プラスチックのかぼちゃのバスケットをキャンディでいっぱいにしたホリーを連れて、サムが家に戻ってきた。三人でテーブルにキャンディをおごそかに並べ、色の鮮やかさに感嘆しながら、どれにしようかと品定めする。

「そこまでだ。ホリーがすぐに食べる分をふたつ三つ選びだした。

「さあ、風呂に入る時間だよ」マークは身をかがめ、ホリーをおぶった。

「こんな汚れてべとべとの妖精ははじめて見るぞ」

「おじさんは妖精を信じてないじゃない」階段をあがるマークの背中で、ホリーがくすくす笑う。

「信じているとも。背中にひとり、張りついているからね」

ホリーを風呂に入れて清潔なパジャマとタオルをトイレの蓋の上に置き、マークは階段をおりていった。サムがちょうどキャンディを大きな袋に移し、キッチンを片づけているところだった。

「それで？」マークはぶっきらぼうに尋ねた。「店には行ったのか？」

「二〇軒ばかり回ってきたよ。街じゅうが大騒ぎだ」

「マギーの店だよ」マークは歯を食いしばった。

「ああ、マギーの話か」サムが冷蔵庫を開け、ビールをとりだした。「かわいい人じゃないか。ホリーも彼女に夢中だ。カウンターに座って、マギーがキャンディを配るのを手伝っていたよ。もし、ぼくが何も言わなかったら、ひと晩じゅうでも店にいたんじゃないかな」言葉を切って、ビールのボトルを傾ける。「でも、ぼくは彼女を誘うつもりはないよ」

マークは警戒の目つきで弟を見た。「どうしてだ？」

「マギーはハイズマンだ」

「何だって？」

「ハイズマン・トロフィーだよ。知っているだろう」サムが片方の手でボールを抱え、もう片方の手をブロックするために宙に伸ばした、大学のフットボールの年間最優秀選手に贈られるトロフィーとおなじ格好をしてみせた。「打ち解けてはくれたけどね。

恋愛の対象としてじゃない」

「おかしいな」マークはいらだちを感じた。「お前は独身だし、いい男だ。マギーはお前の何が不満なんだ？」

サムが肩をすくめる。「彼女は夫を亡くしているからね。いまだに悲しんでいるのかもしれない」

「そんな悲しみは終わりにするべきだろう」マークは言った。「もう二年になるんだぞ。そろそろ人生をやり直してもいい頃合いだ。誰か別の男を見つけて、可能性を探ってみるべきなんだよ」

「別の男って、兄貴みたいな？」

マークは恐ろしげな目つきでサムをにらみつけた。「ぼくにはシェルビーがいる」

「そうだな」サムが小さく笑った。「そうやって何度でも唱えていればいいさ。そのうち、自分でもその気になれるかもしれない」

むっつりと不機嫌な顔で、マークは二階へ向かった。マギーが誰とつきあおうと関係ないはずだ。それなのに、この状況が気になってしかたがないのはなぜだろう？

ベッドルームへ入っていくと、ホリーがピンクのパジャマを着てベッドに潜りこみ、マークが寝かしつけに来るのを待っていた。ベッドの脇に置いたランプがピンクのシエード越しにやわらかな光を発している。椅子の背にかけた妖精の羽をじっと見つめるホリーの象牙色の肌にかすかに赤っぽいそばかすが散っていた。つぶらな瞳が涙で濡れているのを見て、マークは心配のあまり胸が締めつけられた。

マットレスの端に腰をおろし、ホリーの体を引き起こした。「どうした?」ささやき声で問いかける。「何かあったのかい?」

ホリーがくぐもった声で答えた。「妖精の格好をしたところを、ママに見てもらいたかったな」

マークは細い髪と繊細な曲線を描く耳にキスをして、そのまましばらくホリーを抱きしめていた。「ぼくもきみのママが恋しい」沈黙のあとで口を開く。「でも、ママはきみを見守っていると思うよ。ぼくたちには姿が見えないし声も聞こえないだけだ」

「天使みたいに?」

「そうだ」

「おじさんは天使を信じてるの?」

「信じているとも」それまでまるで正反対のことを考え、躊躇なく周囲にも公言してきたにもかかわらず、マークは一瞬の迷いもなく答えた。ホリーのなぐさめになるのであれば、この世に天使がいる可能性を否定する理由などどこにもない。

ホリーが体を引いてマークを見つめた。「おじさんはそういうのは信じないのかと思ってた」

「信じるさ」マークは言った。「何を信じるかは、その人が自分で選ぶものだ。天使を信じたいと思えば、ぼくだって信じられる」

「わたしも信じてる」

マークはホリーのやわらかな髪をなでてやった。「ママの代わりは誰にもできない。でも、ぼくだってママとおなじくらいきみを愛しているし、この先もずっと守っていくつもりだよ。サムもおなじ気持ちだ」

「アレックスおじさんもね」

「もちろんアレックスもだ。ただ……少し考えていたんだ。ぼくがきみの面倒を見るのを手伝ってくれる人と結婚することをどう思う？　きみを母親みたいに愛してくれる人とだ。そうなってほしいかい？」

「まあね」

「その人がシェルビーだったら？　きみはシェルビーを好きだろう？」

ホリーはしばらく考えこんだ。「おじさんはあの人を愛してるの？」

「彼女のことは好きだよ。とてもね」

「愛してない人と結婚するのはよくないんだよ」

「誰を愛するのかも、その人が自分で選ぶものなんだ」

ホリーがかたくなに首を振った。「わたしは気づいたらそうなっちゃってるものだと思うけど」

マークはきまじめな表情を浮かべているホリーに微笑みかけた。「どっちも正しいのかもしれないな」そう答え、ホリーを寝かしつけにかかった。


続く週末、マークはシアトルのシェルビーのもとを訪れることになっていた。金曜日の夜にポーテッジ湾のシアトル・ヨット・クラブで開かれる、シェルビーのいとこの婚約パーティーに出席する予定が入ったからだ。これもまた、ふたりの関係を深める試みのひとつだった。はじめてシェルビーの家族の行事に出て、両親とも話をする。シェルビーから聞くかぎり、彼女の両親はマークの両親とは違ってまっとうな人々らしい。

「きっとうちの親を気に入るわよ。約束する」シェルビーは言った。「あなたもきっと、わたしの両親から愛されるわ。だから、心配しないで」

〝愛〟という言葉を聞くと、どうしても緊張してしまう。これまでのところ、マークはシェルビーとのあいだですら、〝愛している〟という言葉を交わしたことはなかった。シェルビーがその言葉を口にしたがっていると感じられるだけに、聞きたいとも思わない自分への罪悪感は募るばかりだ。もちろん言われればおなじ言葉を返すし、そこに偽りはない。だが、みずからが発する言葉には、シェルビーが望んでいる意味はたぶんこもっていないはずだ。

数ヵ月前であれば、マークは自分には人を愛する才能がないのだと開き直っていただろう。しかし、ひとりの女の子の登場で、その考えは根底から覆された。ホリーを守り、すべてを与えてやりたい、魂の奥底から幸せにしてやりたいと思う。この気持ちは愛以外の何ものでもない。これまでの人生で覚えた経験のない感情だ。

そして迎えた金曜日の午後、マークはとてつもなく大きな心配を抱えて飛行機に乗ることになった。学校から戻ったホリーが熱を出したのだ。はじめはシアトルに行くのをやめようと思い、サムにもそう告げた。

「冗談だろう？　シェルビーに殺されるぞ。ホリーはぼくが見ているから心配ない」

「夜更かしは絶対にさせるなよ」マークは厳しい口調で言った。「変なものを食べさせるな。薬をのませる時間も忘れずにな。それから――」

「わかってるって。大丈夫だよ」

「もし、明日になってもホリーの具合が悪かったら、土曜は昼までなら診療所で診てもらえるからな。それと――」

「しつこいな。兄貴が知ってることはぼくも知ってるよ。それより、急がないと飛行機に乗り遅れるぞ」

結局マークは、薬をのみ終えてソファで映画を観ている姪を残し、しぶしぶ家を出ることにしたのだった。ホリーはいまにも壊れてしまいそうなほどはかなげに見えるうえに、顔色も真っ青だ。サムがいくら大丈夫だと請けあっても、マークはこんな状態の小さな子どもを残していくのが不安でしかたなかった。「電話はすぐに出られるようにしておくからね」マークはホリーに告げた。「話がしたくなったら、いつでもいいから電話をかけてくるんだよ。いいね？」

「わかった」ホリーが返事をして、いつもとおなじく心をとろけさせる笑みを浮かべた。マークは身をかがめて小さな額にキスをし、鼻と鼻をこすりあわせた。

家を出て空港へ向かうのが間違いだという気がしてならなかった。すべての本能が家に残るべきだと訴えている。しかし、マークはこの週末がシェルビーにとっていかに大事か、じゅうぶんにわかっていた。彼女の家族の行事をすっぽかして傷つけたり、恥をかかせたりするようなまねはできない。

マークがシアトルに着くと、ぴかぴかのBMWが空港に迎えに来ていた。シェルビーはセクシーな黒い服を着てハイヒールのパンプスをはき、ブロンドのストレートの髪をおろしている。品のある美しい女性だ。こんな女性とつきあえるだけでも幸せだと思うべきなのだろう。たしかにマークはシェルビーが好きだし、魅力を感じてもいる。一緒にいて楽しいのも事実だ。でも、以前は正しいと確信していた波乱も緊張もないふたりの関係が、最近はぼんやりと何かが間違っているように感じられてならない。

「パーティーの前に、ビルやアリソンとディナーをとるのよ」シェルビーが言った。アリソンはシェルビーの大学時代からの親友で、いまでは三人の子どもの母親だ。

「いいね」マークはせめてディナーのあいだくらいホリーのことを頭から振り払えたらいいのにと思いつつ、携帯電話をとりだし、サムから伝言が入っていないかどうか確かめた。

伝言は入っていなかった。

顔をしかめるマークを見て、シェルビーが尋ねた。「ホリーはどう？　まだ体調が悪いの？」

マークはうなずいた。「いままで病気をしたことなんてなかったんだ。少なくともぼくたちと暮らしはじめてからはね。それが、今日になって急に熱を出した」

「大丈夫よ」シェルビーがなだめるような口調で言い、つやのあるリップグロスを塗った唇で微笑んだ。「そこまで心配するなんて、やさしいのね」

ふたりはそのままシアトルのダウンタウンへと向かい、カジュアルながらも洗練された雰囲気のレストランに入った。マークは高級なピノノワールを頼み、気持ちを落ちつかせる助けになればと、早々にグラスをからにした。

外で雨が降りだし、窓に水滴が光りはじめた。まだ強くはないものの、やむ気配もない雨だ。ただまずに放りだされた洗濯物みたいに、空には雲が幾重にも折り重なっている。建物は雨に打たれながら辛抱強く身を潜め、雨水がコンクリート製の人工の滝を落ちていき、植物が生えている水路や道端の庭園に流れこんでいく様子を見守っていた。シアトルは水の扱いを心得た街なのだ。

ビルの外壁や窓を伝う細い雨水の流れを眺めていると、マークはすべてを変えた雨の夜の出来事を思いださずにいられなかった。あれからまだ一年も経っていない。ホリーがやってくる前は、感情とは意思でどうにでもできるものだと思い、心から締めだしたつもりでいた。ところが、いまや心にわきあがる思いを押しとどめることも、閉じこめておくこともできなくなってしまっている。子育てを楽だと感じられる日がいつかやってくるのだろうか？　子どもを心配せずにすむ日がいずれ訪れるのか？

「あなたにこんな一面があったのね」ディナーのあいだ、マークが携帯電話に目を向けた回数が二〇回を超えたあたりで、シェルビーが当惑の笑みを浮かべて言った。

「ねえ、サムが連絡してこないのは、何の問題も起きていないからなのよ」

「何か問題が起きて、電話どころじゃないのかもしれない」

おなじテーブルにいる子育て経験が豊富なアリソンとビルが笑みを交わす。「最初の子がいちばん大変なのよ」アリソンが言った。「熱を出すたびに不安で恐ろしくなってしまうのよね。でも、ふたりめ、三人めになってくると、慣れてそれほど心配しなくなるわ」

「子どもっていうのは意外と丈夫なものだよ」ビルがつけ足した。

不安をやわらげようとして言ってくれているのはわかる。それでもマークにとって、ふたりの言葉は何の救いにもならなかった。

「この人はいつかきっといい父親になるわ」シェルビーがアリソンに笑顔で言った。

喜ぶべき褒め言葉なのかもしれない。しかし、マークはいらだちを募らせた。いつかだって？　いまだってもう父親だ。親であるためには、実の親子かどうかよりも大切なことがあるはずだ。それどころかマークにとっては、実の親子かどうかなどほんのささいな問題にすぎない。

「ちょっと失礼するよ。サムに電話をかけてくる」マークはシェルビーに告げた。

「熱がさがったかどうかだけ、確かめておきたいんだ」

「わかったわ。それであなたの気が晴れるなら」シェルビーが答えた。「電話をかけて問題ないとわかれば、あとは夜をゆっくり楽しめるわね」意味ありげな視線をマークに投げかける。「そうでしょう？」

「そうだな」マークは身をかがめ、シェルビーの頬にキスをした。「失礼」テーブルから離れてレストランのロビーに行き、携帯電話をとりだす。ほかの三人に大げさに騒ぎすぎだと思われているのは承知している。でも、そんなことはどうでもよかった。とにかくホリーが大丈夫かどうかを確かめなければならない。

電話がつながり、サムの声が聞こえてきた。「兄貴か？」

「そうだ。ホリーの具合はどうだ？」

胃が痛くなるような沈黙が流れる。「正直言って、あまりよくない」

マークは体じゅうの血が一瞬にして凍りついた。「どういう意味だ？〝あまり〟じゃわからないぞ」

「兄貴が家を出てしばらくしてから嘔吐しはじめたんだ。それからはもう、胃まで吐きだすんじゃないかと思うくらいずっと吐きっぱなしだよ。あの小さな体の中にあれだけ出すものがあるなんて、信じられない」

「それで、どうした？　医者は呼んだのか？」

「もちろん呼んだ」

「医者は何と言ってた？」

「たぶんインフルエンザだそうだ。水分補給に経口補水液だか何だかをのませていったよ。イブプロフェンは胃に負担がかかるから、しばらくはタイレノールだけのませると言われた」

「熱はまださがらないのか？」

「最後にはかったときは三八度九分だった。かわいそうに、薬をのんでも、効果が出る前に戻してしまうんだ」

マークは携帯電話をきつく握りしめた。いますぐ島に飛んで帰ってホリーの世話をしなければならないという、これまでに経験がないほど強い思いが胸にこみあげた。

「必要なものはそろっているのか？」

「いや、じつはこれから買い出しに行かなければならないんだ。ゼリーとかスープとかを買ってこないと。だから少しのあいだ、ホリーを見ていてくれる人を探すよ」

「ぼくが戻る」

「いいや、それはだめだ。あてにできる人ならたくさんいるよ。それに……ああくそっ、ホリーがまた吐いてる。もう切らないと」

それを最後に通話が切れた。マークは何とか動揺を抑えこみ、考えをまとめにかかった。航空会社に電話をかけてフライデーハーバー行きの次の便を予約し、タクシーを呼んでから急いでテーブルに戻った。

「やっと戻ってきたわね」シェルビーが緊張まじりの笑みを浮かべた。「ずいぶん長いから心配してたのよ」

「すまない。でも、ホリーの具合がひどいみたいなんだ。戻らないと」

「今夜？」シェルビーが眉をひそめる。「いまから？」

マークはうなずき、事情を説明した。アリソンとビルが顔に同情を浮かべ、シェルビーの表情もだんだんと苦しげなものに変わっていく。その変化がホリーを心配しているためだと受けとったマークの心に、恋人との関係に対するあたらしい思いが芽生えた。これまでは感じなかった結びつきだ。もしシェルビーが一緒に戻ると言ってくれたら……。もちろん、こちらから頼むつもりはない。だが、彼女から申しでてくれれば……。

シェルビーが席を立ち、マークの腕にやさしく触れた。「ふたりで話しましょう」アリソンに向かって、うんざりしているととれなくもない笑みを浮かべる。「すぐ戻るわ」

「わかった」アリソンが答え、ふたりの女性は男には決して理解できない意味深長な視線を交わした。

マークとシェルビーは、誰にも邪魔をされずに話ができそうな入口近くの隅まで歩いていった。

「シェルビー――」マークは口火を切ろうとした。

「聞いて」シェルビーがおだやかにマークの言葉をさえぎった。「ホリーかわたしのどちらかを選べなんて言うつもりはこれっぽっちもないのよ……でもね、あの子はあなたがいなくても大丈夫だわ。だけど、わたしは違う。あなたに今夜のパーティーへ来て、わたしの家族に会ってほしいの。いまからあなたが戻っても、ホリーにはサムがしてあげている以上のことはできないでしょう?」

シェルビーが言い終えるまでに、マークの心に芽生えていたあたらしい結びつきはすっかり消え去っていた。言い方がどうあれ、いまの言葉はホリーと自分のどちらかを選べと言っているのに等しい。「わかってる。でも、ホリーのためにできるだけのことをしてやりたいんだ。それに、どのみち今夜はとても楽しめる心境じゃないよ。自分の子が病気なんだ。パーティーに行ったところで、ぼくは携帯電話を握って部屋の隅にいることになる」

「でも、自分の子って言うけど、ホリーはあなたの子じゃないわ。父親はあなたじゃないのよ」

マークはそれまでとはまったく違う視線でシェルビーを見つめた。いまの言葉の真意はどこにあるのだろう。生物学上の父親ではないからホリーを心配するにはあたらないとでも言いたいのだろうか。ここまで心配する必要がそもそもないとでも？

ささいな瞬間から決定的な真実が明らかになることは珍しくない。シェルビーとの関係もまた、わずかな言葉のやりとりで決定的な変化を迎えようとしていた。理不尽と思われても、大げさだと思われてもかまわない。とにかく、マークの関心はホリーだけに向いていた。

シェルビーがマークの表情を見て、いらだちもあらわに天井を仰いだ。「いまみたいな言い方をするつもりはなかったのよ」

マークは頭の中で、すぐさまシェルビーの言葉に隠された真実を理解した。つまり言い方はともかく、本心ではそう思っているということだ。

「いいんだ」マークは言葉を切って考えた。さらに何か言ったところで、ふたりの信頼関係がなおさら壊れるだけだろう。「それでも、ホリーはぼくの子だよ、シェルビー。ぼくに責任があるんだ」

「責任はサムにもあるのよ」

マークは首を振った。「サムは助けてくれているだけだよ。法律上の後見人はぼくひとりだ」

「それじゃあ、あの子にはいつでも大の男ふたりがつきっきりでいなきゃならないわけ？」

マークは言葉を選び、慎重に答えた。「とにかく戻らないと」

シェルビーが一度だけうなずき、ゆっくりと息を吐きだした。「わかったわ。これ以上話を続けても意味がないわね。空港まで送りましょうか？」

「もうタクシーを呼んである」

「わたしだって一緒に行ければいいと思っているのよ。でも、今夜はいとこのそばにいてあげたいの」

「わかるよ」マークは休戦の証にシェルビーの背中に手を置いた。まっすぐに伸びて硬くこわばった、氷の彫刻みたいな背中だ。「ここの支払いはぼくが持つよ。店の人にカード番号を教えておく」

「ありがとう。ビルとアリソンもきっと感謝するわ」シェルビーがむっつりしたまま言った。「あとでホリーの様子を知らせて。大丈夫なのはわかっているけど」

「わかった」マークがキスをしようと身をかがめると、シェルビーは顔をそむけて頬でキスを受けとめた。

9

空港へ向かうタクシーに乗っている時間は、永遠に続くのではないかと思うほど長く感じられた。フライデーハーバー行きの飛行機もやけにゆっくり飛んでいる気がして、マークはこれならカヤックを漕いだほうが早く帰れるに違いないと思ったほどだった。〈レイン・シャドー〉に到着したのは夜も一〇時近くになった頃で、家の前には見慣れない白い車がとまっていた。

マークが裏口から家に入ってすぐにキッチンへ向かうと、そこにはサムがいて、ワインを注いでいた。やつれきったひどいありさまで、Tシャツの前は水びたし、髪は逆立ってぼさぼさという状態だ。カウンターの上には薬の瓶とからのグラスが無造作に並び、経口補水液が入ったプラスチックの容器も置かれていた。

サムがマークを見て一瞬驚いた顔をし、頭を振った。「やっぱり兄貴には言うべきじゃなかった」あきらめたように言う。「シェルビーは怒ってるだろうな」

マークはバッグを置いて上着を脱いだ。「そんなことはどうでもいい。それより、ホリーの具合は？　表にあるのは誰の車だ？」

「マギーのだよ。ホリーの具合も落ちついた。もう一時間半ばかり吐いてない」

「どうしてマギーがここに？」マークは当惑して尋ねた。

「ホリーがマギーを慕っているんだ。ハロウィンに会ったときも、ホリーのことで何かあったらいつでも呼んでくれと言ってくれていたし。最初はアレックスに連絡をしたんだけど、電話に出ないからマギーにかけたんだ。すぐに来てくれたよ。彼女は驚異的だな。ぼくが買い出しに行っているあいだに、ホリーを風呂に入れて掃除もして、薬までのませてくれた」

「ホリーの熱はさがったんだな？」

「いまのところはね。でもまた急にあがる可能性があるから、目を光らせておかないと」

「夜のあいだはぼくが見ていよう。お前は少しやすんだほうがいい」

サムが疲れきった顔に笑みを浮かべ、ワインをひと口飲んだ。「ぼくだけでもどうにかなったのに。でも、兄貴が戻ってくれてうれしいよ」

「戻ってこないわけにいかないだろう。いずれにしろ、パーティーに出たところで、気が気じゃなかったに違いない。最低の同伴者だと言われるのがおちだ」

「シェルビーは何だって？」

「喜んではいなかったね」

「機嫌を直すさ。ひざまずいて花束のひとつも贈れば、じゅうぶん埋めあわせはできる」

マークはいらだたしげに首を振った。「ぼくはひざまずいたってかまわないが、たぶんそれでもうまくいかないだろうな」

サムが目を見開いた。「こんなことでシェルビーと別れるのか？」

「違うよ。原因は今回の件じゃない。最近、気づいたんだ……いや、いい、気にするな。あとで話すよ。とにかく、まずホリーの様子を見てくる」

「もし別れるなら……」サムが階段へ向かうマークの背中に声をかけた。「腹いせで誰かと寝たくなったらぼくがいると、シェルビーに伝えておいてくれ」

ホリーの部屋につながる廊下には、アンモニアと石けんのにおいが漂っていた。ランプの照明が粗い木目の床にやわらかな光を落としている。マークは他人の目から見た自分たちの家の姿を頭に思い描いた。修理しかけの部屋に、磨く必要のあるざらついた床。家の中は塗装だって終わっていない。要するに、いまだ作業中、しかも基礎の部分を直すのに労力を注いでいる段階なのだ。家を修繕して安全を確保するのが最優先で、装飾には手をつけてもいない。マギーはさぞ驚いただろう。

ホリーの部屋に入ろうとして、マークは一歩足を踏み入れたところで立ちどまった。マギーがベッドに横たわり、ぴったりと身を寄せるホリーの小さな体に腕を回していた。ホリーの反対側の隣には、あたらしい動物のぬいぐるみがきちんと上掛けをかけて寝かされている。

化粧をせず、髪をあげてポニーテールにしたマギーは一〇代の少女みたいに見えた。鼻と頬のあたりに金色のそばかすが散っている。目こそ潤んでいるものの落ちついた様子のホリーに向かって、マギーは本を読み聞かせていた。

いかにも眠たげなホリーがマークを見て、戸惑った表情を浮かべた。「帰ってきたの？」

マークはベッドに歩み寄って身をかがめ、ホリーの頭をなでた。そのまま手を小さな額に置き、熱があるかどうかを確かめてから小声で語りかけた。「ああ、帰ったよ。きみが病気なのに離れていられるわけがない」

「吐いちゃった」ホリーが顔をしかめる。

「知ってるよ」

「マギーがあたらしいテディベアを持ってきてくれて、それから、お風呂に入れてくれたの――」

「いいんだ。とにかく眠ったほうがいい」

視線をマギーに移したマークは、たちまち自分を見つめる不服そうな瞳のとりこになった。腕を伸ばし、鼻のあたりに散ったそばかすを指先でなぞりたい誘惑をどうにか抑えこむ。

マギーがにっこりした。「あと一ページでこの章が終わるの」許しを求める彼女の言葉に、マークはうなずいて答えた。

本を読むマギーの声を聞きながら身を起こし、ベッドの端に腰を落ちつける。ホリーを見ると、まぶたがいまにも閉じそうで、呼吸もすっかり落ちついていた。マークの胸の奥で心配といとおしさ、そして安堵が複雑にからみあった。

「マークおじさん」マギーが読み終えると、ホリーがささやいた。小さな手を上掛けから出し、マークに向かって差し伸べる。

「どうした？」

「サムおじさんが……」ホリーがあくびをしたので、いったん言葉がとぎれた。「明日の朝になったらアイスキャンディを食べてもいいって」

「いいよ」マークはホリーの手をとり、キスをしてからささやいた。「もうおやすみ。今夜はぼくがずっと見ているから大丈夫だ」

ホリーが体の力を抜いて枕に頭をうずめ、眠りに落ちていく。そのあとで、マギーがゆっくりとベッドからおりた。ジーンズにピンク色のコットンのセーターというでたちだ。セーターは腰の上までまくれ、脇腹の白い肌がのぞいている。マギーは顔を赤らめてセーターの裾を引きおろしたが、マークの視線は人目にあまり触れることのない部分の素肌をすでにとらえたあとだった。

ランプを消して部屋を月明かりだけにし、ふたりはそろって部屋をあとにした。

「ありがとう」マークは薄暗い廊下を階段に向かって歩きながら言った。「サムがいきなり電話をかけたりしてすまなかった。ぼくが出かけたのが間違いだったよ」

「いいのよ。どうせほかにすることもなかったし」

「でも、病気の子どもの世話をするんだ。楽しくはなかっただろう」

「病気には慣れているから、ぜんぜん苦じゃないのよ。それに、ホリーはとてもいい子だもの。何だってしてあげたいわ」

マークが腕を伸ばして手を握ると、マギーがはっと息をのんだ。「気をつけて。床に段差があるんだ。まだ修理の途中なんだよ」

細い指が握り返してきたので、マークもさらに手に力をこめた。ふたつの手がたしかな結びつきでひとつになる。階段へといざなうマークに、マギーは完全に身を任せていた。

「人に見せられるような家じゃないんだけどな」マークは言った。

「いい家よ。つくりがとてもしっかりしているもの。修繕が終わったら、きっと島でいちばん素敵な家になるわ」

「いつまで経っても終わりそうにないのが問題だけどね」マークが言うと、マギーが声をあげて笑った。

「修繕が終わった部屋を見たわ。ホリーの部屋とバスルームを。あれを見たら、期待しちゃうわね」マギーがマークの手を放し、手すりをつかんだ。

「ぼくが先におりる」

「どうして？」

「きみが落ちたときに受けとめられるようにさ」

「落ちたりしないわよ」マギーが文句を言いながらも、マークを先に行かせた。階段をおりるあいだ、美しい花びらを思わせるマギーの声が上から降り注いでくる。「魔法瓶を持ってきたわ。お礼は言わないわよ。あなたのせいで、またコーヒーを飲むようになってしまったんだもの。もっとも、あなたのより味は落ちるけど」

「ぼくのコーヒーには特別なものが入っているからね」

「何が入っているの？」

「教えられない」

「どうして？」

「自分でつくれるようになったら、きみがお代わりを頼みに来なくなってしまう」

マークの言葉の意味を考えているのか、マギーが少しのあいだ黙りこんだ。「明日の朝、店へ行く前に寄るわ。ホリーの様子を見に来る。そうしたら、またあなたのコーヒーを飲ませてもらえるかしら？」

「きみならいくらでも飲ませてあげるよ」マークが階段のいちばん下に到着して振り返ると同時に、マギーがバランスを崩してよろめいた。

「あっ……」マギーが息をのんで腕を伸ばし、マークの腕の中に倒れこんでくる。マークは細い腰に手を回してしなやかな体をしっかりと支えた。赤い巻き毛が彼の顔にかすかに触れると、なめらかなシルクを思わせる感触にたちまち欲望が芽生えた。足こそ階段につけたままだったものの、マギーの体は前方に投げだされた状態で、マークに身を預けきっている。ほてった細身の体をこわばらせているのが伝わってきて、どうにかして緊張をほぐしてあげたいと思わずにいられない。

「手すりが最後の段までついてないんだ」マークは言った。サムとともに慣れざるを得なかった、この家に数えきれないほどあるおかしな特徴のひとつだ。はじめての人はほぼ例外なく倒れそうになる。

「どうして先に言ってくれないのよ」マギーが小声で言った。

マギーの白い両手はマークの肩に置かれている。すぐに引き寄せてキスができそうだが、マークはあえて動かずに抱擁にも似た体勢のまま、しなやかな体を支えつづけた。ふたりの距離はとても近く、彼女の吐息が空気を乱すさまが感じられるほどだ。

「きみをこうして助けたかったからかもしれない」

マギーは意表を突かれて驚いている様子にもかかわらず、言葉にならない喜びの声を口からもらした。はじめて触れるものの感触を確かめるネコのように、マークの肩に置いた手に力をこめる。しかし、彼女はみずからの望みを口にはせず、ただじっとしていた。

マークは体を引いてマギーが階段をおりられるよう手を貸し、照明のやわらかい光が照らすキッチンへと案内した。

キッチンではサムがちょうどワインを飲み終え、あらたな一杯を注いでいるところだった。「マギー」何年も前からの知りあいのように親しげに声をかける。「きみはぼくの右腕《ウイングマン》だ」

彼女は明るく笑って答えた。「あら、女でもウイングマンになれるのかしら？」

「女性のほうが優秀だからね」サムはきっぱりと言った。「ワインを飲むかい？」

マギーは首を振って断った。「ありがとう。でも、もう帰るから。犬の散歩をしなければならないの」

「犬を飼っているのかい？」マークは尋ねた。

「預かってるのよ。この島で動物愛護に関わっている人がいて、その人から飼い主が見つかるまでっていう約束で預かったの」

「種類は？」

「ブルドッグよ。でも、ブルドッグの悪いところがぜんぶ詰まったみたいな犬なの。関節を悪くしているし、顎のかみあわせもまずいし、皮膚病持ちだし、いつもふがふが言ってるし、おまけにレンフィールドったら尻尾もないのよ。内側に向かってねじれていたから、切断するしかなかったみたい」

「レンフィールド？『ドラキュラ』に出てくる虫を食べる手下とおなじ名前なのか？」マークは尋ねた。

「そうよ。見てくれが悪いのを長所だと思うようにしているの。実際、どこか気高い感じがする犬なのよ。レンフィールドは自分が醜いことに気づいてないわ。ひたすら愛してもらえると思ってる。それなのに、触るのもいやだっていう人が結構いるのよ」マギーが瞳にうっすらと涙を浮かべ、いかにも無念そうに微笑んだ。「最近はあきらめかけているの。もしかしたら、わたしがこのまま引きとることになるかもしれないわ」

マークは感嘆してマギーを見つめた。この女性は予測もつかないほど親切な心を持っていて、それが誘惑ほどの強さで人を惹きつけるのだ。幸せが約束された女性、やさしい愛情にあふれた女性、そして誰も欲しがらない犬の世話をする親切な女性。さまざまな面が、彼女の中に凝縮されている。

以前、マギーは夫の死で、他人に与えるものがなくなってしまったと言っていた。しかし、実際は違う。あまりにも与えるものがありすぎて、持て余しているだけだ。

サムが前に進みでて、マギーの肩に腕を回した。「今夜、きみは人の命を救ったんだ」

「大げさね。ホリーはそこまで悪くなかったわよ」マギーが言った。

「ぼくの命だよ」サムがマークを見てにやりとした。「もちろん兄貴も気づいているだろうけど、ぼくたちのうちのどちらかがきみと結婚すべきだな」

「どっちもわたしの好みじゃないわ」マギーが答えた。サムにいきなり抱えあげられ、驚いて笑い声をあげる。

「ぼくの魂にぽっかり空いた穴を埋めるのはきみしかいないのに」サムは芝居がかった調子で言った。

「落としたりしたら承知しないわよ」

ふざけあうふたりを見ているうちに、マークは嫉妬心に胸が締めつけられた。サムとマギーはたがいに打ち解け、気安く接している。早くも親友同士になったみたいだ。それに、サムの芝居じみた振る舞いは、兄のマギーへの思いを知っていてちゃかしているようにも見える。

「あまり引きとめても悪いぞ」マークは冷たい声で弟に言った。

サムは兄の厳しい声音に気づいて一瞬真剣なまなざしをマークに向け、すぐに笑みを大きくした。彼がマギーを床におろしてあらためて抱きしめると、マギーも抱擁を返した。サムがワイングラスをふたたび手にとる。「兄貴が車まで送るよ。ぼくが送りたいのはやまやまなんだが、残念ながらワインが呼んでいる」

「ひとりで大丈夫よ」マギーが答える。

マークはマギーの言葉を無視して一緒に歩きだした。

ふたりは一一月の夜の中へと歩を進めた。紫がかった暗い空に雲が浮いているのがわかる。空気は新鮮で、肌に刺さるほど冷たかった。マギーの車に向かって歩くふたりの靴底が砂利を踏む音が響く。

「きみに頼みがあるんだ」車に近づいたところで、マークは言った。

「何なの？」マギーが不安そうに尋ねる。

「明日の朝、犬を連れてきてもらってもいいかな？　一日、ホリーの遊び相手になってくれると助かるし、ぼくの買い物につきあわせれば散歩にもなる。ちゃんと世話はするよ」

あたりが暗いので、マギーの表情は見えない。しかし、声には驚きがにじんでいた。

「本当に？　レンフィールドはきっと喜ぶわ。でも、実物を見たら、きっと一緒にいるところを人に見られたくないって思うわよ」ふたりは車の脇で向かいあって立った。明かりといえば、キッチンからもれてくるかすかな光だけだ。しかし、マークの目は徐々に暗闇に慣れつつあった。「本当なのよ。あの子と出かけるのは勇気がいると思うわ」マギーが続ける。「みんながじろじろ見るの。草刈り機に巻きこまれたのかってきいてくる人だっているんだから」

マークの心に疑問がわきあがった。ぼくはそんなに心の狭い、小さな男だとマギーに思われているのだろうか？　たかが一日、見た目が完璧でない犬と一緒に過ごせないほどお高くとまっていると？　マギーはノーラン家の三人が暮らしているこの家をよく見ていなかったに違いない。

「連れてきてほしいんだ」マークは喉まで出かかった言葉をのみこみ、簡潔に頼んだ。

「わかったわ」マギーはうれしそうに答えたあと、打って変わって深刻な声で言った。

「週末はシェルビーと過ごすはずだったのよね」

「ああ」

「シェルビーはなぜ一緒に戻ってこなかったの？」

「いとこの婚約パーティーに出なければならないそうだ」

「まあ」マギーが気の抜けた声を出した。「その……問題にならないといいけど」

「ぼくは問題だとは思っていない。だが、シェルビーとの関係が多少気まずくなったのはたしかだね」

重苦しい沈黙がしばし流れたあと、マギーが言った。「でも、相性はよさそうだったのに」

「相性がいいからといって、うまくつきあっていけるとはかぎらない」

「相性が悪いほうがいいの？」

「まあ、少なくとも悪いほうが話すことがたくさんありそうだ」

マギーがくすくす笑う。「本当かしら。試してみるのはあなたに任せるわ」車に向き直り、ドアを開けてハンドバッグを中に放りこむ。ふたたびマークと向きあったマギーの赤い髪が、車のルームランプを受けてかすかに光った。

「ホリーの世話をしてくれてありがとう」マークは小さな声で言った。「助かったよ。今度問題が起きたり、必要なものがあったりしたら、何でもいいから声をかけてくれ。かならず力になるよ。本当に何でもかまわないから」

マギーの表情がふっとやわらいだ。「やさしいのね」

「やさしくなんかない」

「いいえ、やさしいわ」マギーが進みでて、サムにしたのとおなじように親しみをこめてマークの体を抱きしめた。

マークも両腕をマギーの体に回すと、彼女はつま先に体重をかけ、危うい均衡を保ちながら胸に頭を預けてきた。少なくともこれで、マギーの胸や腰や両脚の感触だけはわかった。ふたりはしばらくそのまま抱きあい、やがて身を離そうとした。

しかし、ほんの一瞬だけ同時に動きをとめたあと、ふたりはたがいを強く引き寄せてさっきまでよりもきつく、情熱的に抱きあった。それは波が浜に打ち寄せるのとおなじくらい自然で、避けられない成り行きだった。全身がさらなる触れあいを求めてこわばり、マークは顔をマギーの髪に押しつけながら両腕で細い体をかき抱いた。首筋にマギーの顔が触れている。熱い吐息を肌で感じるうちに、マークの眠っていた衝動と拒絶しがたい渇望が目覚めていった。ふたりが発する激しさの中にあっては、とても歓迎できる感情ではなかったが。熱い吐息を紡ぎだす繊細でやわらかいマギーの唇を、マークは夢中で探し求めずにいられなかった。一度だけ、ただ一度だけキスができればそれでいい。

抱きしめた細い体が、凍えているかのように小刻みに震えている。マークはマギーの香りを吸いこみ、唇を耳のうしろに押しあててやわらかな肌を味わった。切迫感とともに押し寄せてくるめまいを感じながら唇を細い首筋に走らせ、ピンクのセーターの襟に沿って何度もキスを繰り返す。彼がキスをするたびにマギーは息をのみ、喉を上下させた。拒む気配は感じられない。マークは唇を喉から口へと移動させていき、望んでやまなかった深く激しいキスをした。舌でマギーの口の中を探って味わい、情熱の炎をさらに生々しく抑えのきかないものに昇華させていく。

マギーの反応はためらいがちで、唇の動きにも迷いが感じられた。抱きあっているしなやかな体の動きにもどこかおずおずとした様子が残っている。腕の中で細い体がバランスを崩しかけているのを感じ、マークは片方の手でマギーのヒップをつかんで自分のほうへ引き寄せた。さらに唇を重ね、マギーの喉の奥で小さな歓びの声が響き、彼女の繊細な指が彼の黒髪を探りはじめるまでキスを続ける。

だが次の瞬間、マギーがマークの体を押しのけた。〝だめ〟という言葉が聞こえた気がするが、あまりにも小さな声だったので、マークは本当に目の前の女性が発したのかどうか、確信が持てなかった。

彼女の体を放すと、全身が意思に抵抗して叫び声をあげているような錯覚に襲われた。

マギーが明らかにおびえた様子でふらつきながらあとずさり、車に寄りかかった。これほどまでに暴力的な欲望に苦しめられていなかったら、マークは大げさだとからかいたくなったかもしれない。しかし、実際彼にできたのは、深呼吸をして荒くなった呼吸を整え、拷問を受けているかのように悲鳴をあげている体をなだめることだけだった。これ以上マギーに触れてはならないと、強くみずからに言い聞かせる。

最初に口を開いたのはマギーだった。「だめ……こんなの……間違いだわ……」徐々に声が小さくなっていき、絶望もあらわに頭を振る。「わたしったら何てことを」

マークはかろうじていつもどおりの声音を装った。「明日は来てくれるね?」

「わからないわ。たぶん来ると思う」

「マギー――」

「だめよ。いまはやめて。そんな心境じゃ……」涙をこらえて喉を詰まらせているのか、マギーは緊張しきった声で言った。そのまま車に乗りこみ、エンジンをかける。

車が発進し、私道を出て走り去るまでのあいだ、マギーが振り返ることはなかった。

マークは砂利を敷きつめた私道にひとりとり残され、小さくなっていく車のテールランプを見つめつづけた。

10

マギーは腹立たしい目覚まし時計の音で目を覚ました。少し離れたドレッサーに置いた目覚まし時計を見つめているうちに、音が徐々に大きくなって、鳴る間隔もせばまっていき、いよいよ耳障りな大音量となった。こうなっては、ベッドから出るほかない。うなり声をあげてよろめきながらドレッサーに近づき、目覚まし時計をとめた。以前はベッド脇のテーブルに置いていたが、いまはわざと離れたところに置くようにしている。無意識のうちに音をとめてしまう失敗を何度も繰り返し、ひとつ賢くなったというわけだ。

木の床を爪が鳴らす音がしてベッドルームのドアが開き、レンフィールドが下顎の張りだした大きくて四角い顔をのぞかせた。いまにも〝お待たせ！〟とでも言いだしそうに見える得意げな顔つきだ。毛の抜けた、ふがふがと息をもらしっぱなしで顎の悪いブルドッグと朝いちばんに顔を合わせるのが、人間にとってこのうえない幸せだと思っているのかもしれない。毛が抜けているのは湿疹が原因で、最近は抗生物質の服用と食餌療法でようやくおさまってきたものの、まだあたらしい毛は生えていなかった。しかもただでさえ奇妙な外見なのに、歩いたり走ったりして体が斜めになると、ますます不格好に見える。

「おはよう、不細工さん」マギーは身をかがめ、レンフィールドをなでてやった。「まったく、とんでもない夜だったわね」生々しい夢に苦しめられてベッドの上でのたうち回り、とぎれとぎれにしか眠れなかったのだ。

熟睡できなかった理由があらためて頭によみがえってくる。

マギーはたるんだレンフィールドの体に手を置いたまま、うなり声をあげた。

マークのキスといったら……それに、あの自分の反応……。

おまけに選択の余地もなく、今日もマークと顔を合わさなければならない。いきなり避けたりしたら、あらぬ誤解を呼んでしまうからだ。何ごともなかった顔をして〈レイン・シャドー〉に行き、あとはできるかぎりいつもどおりさりげなく振る舞う。とるべき道はそれしか思いつかない。

重い足どりでベッドルームがひとつしかない一階建ての家のバスルームに入る。顔を洗ってタオルでぞんざいに拭いているうちにいきなり涙がこみあげてきて、マギーはタオルを目に押しあてた。一瞬だけ、昨夜のキスを思い返してみる。あんなふうに情熱に包まれ、男性にきつく抱きしめられたのは本当に久しぶりだ。マークの体はとても力強くて、とてもあたたかかった。彼が相手であれば誘惑に屈してしまったのも無理はない。女性であれば、誰だっておなじだっただろう。

昨日の夜のキスにはなじみのある感覚もあったけれど、まったくはじめてと言っていい感覚も含まれていた。あれほど純粋に欲望を感じ、われながら驚くほど全身が熱くほてった経験はいまだかつてない。そうなったこと自体が自分への裏切りであり、危険の根源である気がする。すでに一生分の激動を経験したあとの女にとっては、〝少々気をつければいい〟ではすまない話だ。荒々しくて激しい、心を翻弄される関係など、いまのわたしには不必要だ。必要なのは傷つくことも失うこともない、平和で静かな生活なのに。

ひとりよがりのくだらない妄想は抜きにしても、マークがシェルビーともとの鞘におさまる可能性はかなり高い。いまはちょっとした気の迷いから意識が別の女に向いているというだけの話で、彼も本心ではわたしが抱えている重荷を背負いこみたくないと思っているに違いない。わたし自身が深く考えたいとも思っていない面倒な重荷なのだから、それも当然だ。昨夜のキスは、マークにとって深い意味はなかったに決まっている。

そして、わたしもまた、どうにかしてあのキスには何の意味もなかったとみずからを納得させなければならない。

マギーはタオルを置き、かたわらでふがふがと息をしているブルドッグを見おろした。「わたしは一人前の女よ」レンフィールドに語りかける。「乗りきってみせるわ。あなたも一緒に行くの。あの家で一日預かってもらうから、できるだけ変な子だって思われないようにするのよ」

デニムのスカートを身につけてローヒールのブーツをはき、カジュアルな上着を羽織って化粧をはじめる。ピンクのチークにマスカラ、色つきのリップクリームを塗り、眠れぬ夜を過ごした証拠をあらゆる手段を使って消していった。やりすぎかしら？マークに気を引こうとしていると思われるかもしれない。そこまで考えてばかばかしくなり、天井を見あげて頭を振った。

〈レイン・シャドー〉に向かう途中、出かけるのが好きなレンフィールドが車に乗せられてすっかり上機嫌になり、窓から頭を出そうと必死に首を伸ばした。こんな体重のある犬がうっかり車から落ちたりしたら大変だ。マギーは運転をしながら、リードをしっかりと握りつづけた。

外の空気は冷たく澄んでいて、青空に薄い雲がかかった上空はどことなく白っぽい色をしている。ブドウ園に近づくにつれて不安が大きくなっていき、マギーは気をまぎらすために深呼吸をした。何回も、それこそレンフィールドの呼吸に似てくるくらいまで繰り返す。

サムや従業員たちが外に出てブドウを収穫し、冬に備えて前年から成長した木の剪定をしている。家のそばに到着したマギーは車をとめ、レンフィールドを見つめた。「いつもどおり、さりげなく振る舞うのよ」犬に向かって語りかける。「たいしたことじゃないわ」レンフィールドが頭を突きだしてなでるように要求したので、マギーはたるんだ頭をやさしくかいてやって大きく息を吐きだした。「さあ行くわよ」

リードを握ったまま玄関まで行き、立ちどまってレンフィールドが短い脚で階段をよじのぼるのを辛抱強く待つ。マギーがノックをするより先にドアが開き、ジーンズにフランネルのシャツといういでたちのマークが現れた。しわだらけのシャツを着て黒髪を乱した姿はひどく魅力的で、ひと目見たとたん、マギーは胃の奥に痛みが走った。

「入ってくれ」いかにも早朝らしいかすれたマークの声が心地よく耳に響く。マギーはレンフィールドを連れて家に入った。

マークは青みがかったグリーンの瞳を楽しそうにきらめかせた。

「レンフィールドだね」膝を折ってその場にしゃがみこみ、うれしそうに駆け寄っていったブルドッグをマギーがふだんしているよりも荒々しくなでて、たるんだ首を乱暴にかいてやる。レンフィールドは大いに気に入ったらしく、腰振りが印象的なシャキーラのダンスさながらに尻尾の代わりに尻を振って喜びを表した。「お前は」マークは人に話しかけるみたいにレンフィールドに話しかけた。「ピカソの絵に似てるな。キュビズム時代の作品にそっくりだ」

レンフィールドは狂喜してマークの手首をなめ、ゆっくりと短い四本の脚を投げだして腹ばいになった。

あいかわらず不安は消えなかったものの、マギーはレンフィールドの姿を見て笑わずにいられなかった。「本当に預かってくれるの？　気は変わらない？」マークに問いかける。

マークが顔をあげ、愉快そうな瞳でマギーを見あげた。「変わらないよ」レンフィールドの首輪につけられたリードをはずして立ちあがり、マギーからやさしくリードの持ち手をとりあげる。その拍子に指が触れあったとたん、マギーの血管がハチドリの羽ばたきの速さで脈を打ちはじめ、膝から力が抜けていった。レンフィールドみたいに床に身を投げだせたらどんなに気分がいいだろう。そんな考えが一瞬、マギーの頭をかすめた。

「ホリーの具合はどう？」マギーは何とか尋ねた。

「かなりよくなったよ。いまはゼリーを食べてアニメを観てるところだ。熱は夜のあいだに一回あがったけど、それがさがってからは落ちついた。ただ、体はまだ少し弱っているみたいだけどね」マークが細部まで一箇所たりとも見逃すまいとするように、マギーを見つめた。「マギー……ゆうべはきみを怖がらせるつもりじゃなかったんだ」

マギーの鼓動が強く、そして速くなっていった。「怖がっていたわけじゃないのよ。どうしてあんなことになってしまったのか、自分でもわからないの。きっとワインのせいね」

「ぼくたちは飲んでない。飲んでいたのはサムだよ」

肌がほてり、熱っぽくなっていく。「とにかく、やりすぎだわ。月明かりのせいかしら」

「曇っていて、月は出ていなかった」

「時間も遅くて真夜中過ぎだったし――」

「一〇時頃だったよ」

「それに、あなたはわたしがホリーの世話をしたから感謝していて――」

「感謝は関係ない。たしかに感謝はしていたけど、それが理由でキスをしたわけじゃないよ」

マギーの声音が必死さを帯びた。「わたしはあなたに恋愛感情を持ってないの」

マークが疑わしげな視線をよこした。「キスを返してきたじゃないか」

「友情の証よ。友だち同士のキスのつもりだったの」そんなのはとても信じられないというマークの顔つきを見て、マギーは語気を強めた。「礼儀でキスを返しただけよ」

「礼儀だって？」

「そう」

マークがたくましい腕を伸ばしてマギーを引き寄せ、こわばった体を抱きしめた。マギーが驚きのあまり身動きをとることも声も出すこともできずにいると、マークが顔を寄せてきて閉じたままの彼女の唇に決意のこもったキスをした。全身に歓びの震えが走り、マギーは一瞬にしてみずから身を投げだす以外にどうしようもなくなってしまった。

マークが片方の手をゆっくりとマギーの髪に走らせてくせのある赤毛をもてあそび、頭をなでる。マギーの世界が崩れていき、意識にあるのは歓びと欲望と全身を貫くうずきだけになった。あまりの甘美さに圧倒されそうだ。キスが終わって唇が離れるまでには、頭のてっぺんからつま先まで広がった震えがとまらなくなっていた。

焦点が合わないマギーの瞳をのぞきこみ、マークがこれでわかったはずだと言わんばかりに眉をあげる。

マギーは顎をかすかに動かし、小さくうなずいて答えた。

マークはマギーの頭をそっと自分の肩にのせ、彼女の両脚がふたたび力をとり戻すまでじっと待ちつづけた。

「片づけなければならない問題がいくつかある」マギーの耳にマークの声が届いた。「シェルビーとのこともあるしね」

マギーは体を引き、必死の形相でマークを見あげた。「お願いだから、わたしのせいであの人と別れたりしないで」

「きみのせいじゃないよ」マークがマギーの鼻先にそっと口づける。「シェルビーにはもっと彼女にふさわしい生き方があるからさ。ぼくはシェルビーならホリーのいい母親になるだろうと思っていた。ついこの前までは、それでじゅうぶんだと信じていたんだ。でも、気づいたよ。ぼく自身が心の底から納得できない相手が、ホリーにとっていい母親になるはずがない」

「いまのわたしはあなたを受け入れられないわ」マギーは申し訳なくなって言った。「まだ心の準備ができていないの」

マークがマギーの髪を指でもてあそび、巻き毛をゆっくりとすいていく。「いつになったら準備ができるのかな?」

「わからないわ。まずは試運転の相手が必要なのかもしれない」

「ぼくがその相手になるよ」

胸がとても苦しいのに、マギーはマークの言葉を聞いて笑いそうになった。「それじゃあ、試運転が終わったら、次の相手はどうしたらいいの?」

「それもぼくが引き受ける」

とうとうマギーは笑いだしてしまった。「マーク、わたしは――」

「待ってくれ」マークがおだやかにさえぎった。「この話をするのはまだ早いと思うんだ。いまは何も心配しなくていい。とにかく行こう。ホリーに会ってやってくれ」

ふたりのうしろから、レンフィールドが重い体でばたばたとついてきた。

ホリーはリビングルームのソファでキルトにくるまって枕に埋もれていた。昨日のような、熱でいらつき、瞳を潤ませた表情ではないものの、青ざめて生気のない顔をしている。それでもマギーを見るとにっこりして、両腕を伸ばしてきた。

マギーはホリーに近づいて抱きしめた。「誰を連れてきたと思う？」乱れてからんだホリーの髪を直しながら尋ねる。

「レンフィールドね！」ホリーは大きな声で答えた。名前を呼ばれたブルドッグがゆがみっぱなしの顔についた目を見開き、一目散にソファへ駆け寄った。レンフィールドが後脚で立って前脚をソファの端にのせると、ホリーは体を引いて不思議そうな顔をした。「変な顔」マギーに向かってささやく。

「そうね。でも、この子はそう思っていないの。自分はハンサムだと思っているのよ」

ホリーがくすくす笑い、身を乗りだしておずおずとレンフィールドをなでた。

レンフィールドが大きな顔をホリーに向けたままソファに顎を置き、大きく息をついて満足そうに目を閉じた。

「かまってもらうのが大好きなのよ」マギーは、赤ん坊を相手にするみたいにブルドッグに小声で話しかけているホリーに向かって告げ、にっこりしてブロンドの髪にキスをした。「そろそろ行かないと。レンフィールドの面倒を見てくれてありがとう、ホリー。あとでこの子を迎えに来るときに、店から何かびっくりするものを持ってくるわね」

マークはドアのかたわらに立ったまま、やさしいまなざしでその光景を見つめていた。「朝食は?」マギーに尋ねる。「卵とトーストくらいならあるよ」

「ありがとう。でも、もうシリアルを食べてきたから」

「ゼリーを食べて」ホリーが大きな声で言った。「マークおじさんが三色のゼリーをつくったの。わたしも少し食べたんだ。おじさんはボウルの中に虹を入れたんだって言ってたよ」

「そうなの?」マギーは問いかけるようにマークを見て微笑んだ。「おじさんが想像力の翼を広げはじめたのね。いいことだわ」

「それはどうかな」マークが答えてそのままマギーを玄関まで送り、コーヒーが入った魔法瓶を手渡した。まるでわが家にいるかのような心地よい感覚に包まれ、マギーは困惑した。犬と子どもとフランネルのシャツを着た男性。修理が必要とはいえ、家だってある。つまり……完璧なのだ。

「公平な取引とは言えないわね」マギーは言った。「レンフィールドの面倒を一日見てもらったあげく、最高のコーヒーまでもらえるなんて」

「一日に二回もきみに会えるんだ」マークが答えた。「そのくらいお安いご用だよ」

11

それから二週間が経ち、気がつけばマギーはマーク・ノーランと会う機会が多くなっていた。マギーが安心したことに、彼女が求めているのが友情だという点をマークも理解し、受け入れてくれているようだった。よく〈マジック・ミラー〉にコーヒーを持ってきては、地元のベーカリーの菓子を一緒に差し入れてくれる。ベーカリーの紙袋に入っているのは、チョコレートをかけたクロワッサンやアプリコット味のクッキー、砂糖をまぶしたスティックパンなどさまざまだった。マークに説得され、二回ほど一緒にランチに出かけたりもした。〈マーケット・シェフ〉で一度、ワインバーで一度だったが、どちらもマギーが二時間近く経ったと気づくまでふたりで話しこんでしまった。

マギーとしてはマークが下心の透けて見える動きをまったく見せない以上、誘われても断る理由がない。それどころかマークは、彼女の不安をとり除こうと心を砕いてくれた。キスをしようともせず、思わせぶりな言葉を発することもなく、友情以上のものに関心があるそぶりもいっさい見せない。

そのあいだに、マークはシアトルまで出向いて恋人との関係を終わらせた。シェルビーの受けとめ方は、これ以上ないくらい理想的なものだったらしい。マギーは詳しい事情を聞いたわけではないけれど、マークの言葉によると彼は、〝涙も出なかったし、声も荒らげなかったし、芝居じみたまねはいっさいしないですんだ〟そうだ。少し間を空けたあとで、マークはこうも言っていた。〝もちろんシェルビーもね〟

「いまならまだ引き返せる時期よ」マギーは言った。「彼女とよりを戻せるわ」

「そんな時期があるとも思えないな」

「わからないじゃない。シェルビーの番号は携帯電話から消した？」

「ああ」

「あなたの家にあるシェルビーのものはぜんぶ返した？」

「そんなものはないよ。置いていく機会もなかったからね。サムとルールを決めてあるんだ。ホリーが家にいるかぎり、女性を泊めないことにしている」

「それじゃあ、彼女がこの島に来たときは、どうしていたの？　その……」

「外泊していた」

「そうなの。本当に終わってしまったみたいね。あなたは大丈夫なの？　何かを失ったときに嘆くのは恥でも何でもないのよ」

「別に何も失っていないよ。それに、ぼくは恋愛が失敗に終わっても、時間を無駄にしたと思ったことはないんだ。いつだって何かしら学んでいる」

「シェルビーからは何を学んだの？」マギーは興味を引かれた。

マークはじっくりと考えてから答えた。「口論のひとつもないのはいいことだと、ずっと思ってきたんだ。でもいまになって考えると、ぼくたちに本当の意味でのつながりが欠けていたからだった」


数日後、ホリーがもう一度レンフィールドを家に呼んでほしいと言いだしたので、マギーはふたたびブルドッグを連れて〈レイン・シャドー〉を訪れた。リードを握って家に近づいていくと、階段にとりはずしができる小さなスロープがとりつけられていた。レンフィールドが重い体でスロープをのぼっていく。よたよたしてはいるものの、幅の狭い階段を一段ずつよじのぼるよりはずっと楽そうだ。「レンフィールドのためにつくってくれたの？」マギーは玄関のドアを開いて姿を現したマークに尋ねた。

「スロープのことかい？　うまくのぼれた？」

「ばっちりよ」マギーは感謝をこめて微笑んだ。マークは、レンフィールドが前に訪れたとき、階段で苦労していたことに気づいて、家への出入りが楽になる方法を考えてくれたのだ。

「レンフィールドの飼い主はもう見つかったのかな」マークがマギーたちのためにドアを押さえながら尋ねた。そのまま身をかがめ、舌を出して得意そうにしているガーゴイルみたいなレンフィールドをなでる。

「探しているんだけど、まだなの」マギーは答えた。「この子は問題が多すぎるから。そのうち腰の手術もしなければならないし、顎のかみあわせも悪いし、湿疹だってあるのよ。かわいかったら手間のかけがいもあるんだろうけど、レンフィードは見た目もこうだから、引きとり手がなかなか見つからないの」

「それなら、もしきみさえよかったら」マークはひとつひとつの言葉をはっきりと言った。「ぼくたちが引きとりたいんだ」

マギーは仰天した。「それって、ずっとってこと？　一日だけじゃなくて？」

「そうだけど、どうしてそんなに驚いているんだい？」

「レンフィールドはあなたが飼うような犬じゃないわ」

「ぼくが飼うような犬って、どんな犬なんだ？」

「その……もっとふつうの犬よ。ラブラドールとかスパニエルとか、あなたのランニングにつきあえる犬」

「レンフィールドを車輪のついた台に乗せるよ。この前来たとき、サムとホリーがスケートボードを教えていたから問題ない」

「釣りにだって行けないわよ。ブルドッグは泳げないもの」

「救命胴衣を着せればいい」マークがいぶかしげな笑みを浮かべた。「ぼくがレンフィールドを引きとるのがそんなに気に入らないのかい？」

当のレンフィールドはマークとマギーを交互に見ている。

「気に入らないわけじゃないの。ただ……どうしてレンフィールドをそばに置きたがるのかわからないから……」

「いい犬だからだよ。おとなしいしね。サムもブドウ園で犬を飼うのは賛成だと言っているし、何よりホリーがレンフィールドを大好きなんだ」

「だって、手間がかかるのよ。皮膚病持ちだから食事は特別なものが必要だし、毛の手入れだって特殊なシャンプーじゃないとだめなの。これからも獣医に何回も診せなければならなくて、お金がかかるわ。あなたはこの子を飼うとどういうことが起きるか、きちんと理解していないと思うの」

「何があっても、きちんと面倒は見るよ」

マギーの心に自分でも理解できない大きな感情のうねりが起こった。あわててマークから目をそらし、その場にしゃがみこんでブルドッグをなでる。「レンフィールド、やっとおうちが見つかったみたいよ」話しかける声がかすれた。

マークが隣に膝をついてマギーの顎に手を添え、自分のほうを向かせた。グリーンの瞳におだやかな光をたたえて目を見つめてくる。「どうしたんだい？」やさしい声できいた。「レンフィールドを手放したくなったのかな？」

「いいえ。ちょっとびっくりしただけ」

「まさか、ぼくのことを困った事態になるとすぐに投げだすいいかげんな男だと思っていたわけじゃないだろう？」マークがマギーの頬を親指でそっとなぞった。「ぼくはあるがままの人生を受け入れることにしたんだよ。レンフィールドみたいな犬を飼うのはたしかに面倒で、金もかかるかもしれない。でも、それだけの価値はあると思うんだ。きみの言うとおり、こいつにはどこか気高いところがある。見てくれはいまひとつでも、自尊心があるんだろうな。いい犬だよ」

マギーは笑いたかったが、顎が震えてしまって笑顔にならなかった。感情が怒濤のように押し寄せてきて、胸がいっぱいになる。「あなたはいい人ね」どうにか言葉を発した。「いつかあなたのすばらしさを理解できる人が見つかるように祈ってるわ」

「ぼくも祈っているよ」マークが微笑んだ。「そろそろ立ちあがってもいいかな?」

マークに感謝祭の予定をきかれたとき、マギーはベリングハムの実家に家族で集まり、ディナーをとるのが毎年の恒例になっていると答えた。七面鳥は母が焼くと決まっていて、あとはみんなが腕によりをかけてつくった料理を持ち寄るのだ。

「もし島に残るつもりなら……」マークが言った。「ここでぼくたちと一緒に感謝祭を祝えばいい」

いったん手を出さないと決めたものに手を出したくなる、おなじみの衝動がマギーの胸にこみあげた。皿に一枚だけ残ったクッキーや、これ以上飲んだら酔っ払ってしまうというときに最後の一杯を目の前にしたときとおなじだ。でも、マークやホリーと一緒に祝日を過ごすのはあまりにも深入りしすぎだし、親密すぎる。「ありがとう。でも、今年は実家の伝統に従うことにするわ」マギーはつくり笑いを顔に貼りつけた。

「それに、家族がわたしのキャセロールを楽しみにしているから」

「例のマカロニ・チーズかい?」マークがいかにもがっかりした声で言った。「四種類のチーズとパン粉を使う、きみのお祖母さん直伝の?」

「覚えていたの？」

「忘れるもんか」マークが懇願する目つきで訴える。「もし実家で余ったら、持って帰ってこられるのかな？」

マギーは声をあげて笑った。「食いしん坊ね。いいわ、ひと皿多くつくって出発前に持ってきてあげる。パイもあったほうがいい？」

「いいのかい？」

「どんなパイがご希望かしら？　パンプキン、アップル、それともペカン？」

「きみに任せるよ」マークが言い、マギーに拒否する隙を与えないほどすばやくキスをした。

感謝祭の前日、マギーは車で〈レイン・シャドー〉を訪れてホリーを拾い、自分の家に連れていった。

「ぼくは招待してくれないのか？」マギーとホリーが出発する前、サムが尋ねた。

「だめ。今日は女の子だけなの」ホリーが楽しそうに笑って答える。

「かつらをかぶって高い声で話せばいいだろう？」

「サムおじさん」上機嫌のホリーが言った。「誰も見たことないくらい、ひどい女の子になっちゃうわよ！」

「誰が見てもかわいいきみとは正反対だな」サムが大きな音をたててホリーの頬にキスをした。「しかたない。あきらめるよ。その代わり、お土産にとびきり大きなパイを焼いてきてくれ」

ホリーを連れて家に戻り、音楽をかけ、暖炉に火を入れてエプロンの紐を結んでやる。やがてマギーはチーズのおろし方を教えようと、四角いベルのような形をした昔ながらのおろし金をホリーに持たせた。いまではマギーもほとんどフード・プロセッサーですませてしまう作業だけれど、やはり子どもには自分の手を使っておろす経験をさせたほうがいい。それにしても、材料の重さをはかったり、かき回したり、味見をしたりといった料理の手伝いを小さな子どもが喜んでする光景は、感動的ですらあった。

「いい？　これがいまから使うチーズよ。いくつか種類があるの」マギーは説明した。「アイリッシュ・チェダーとパルメザン、スモーク・ゴーダにグリュイエール。これをぜんぶおろしたあと、バターとあたためたミルクで溶かすのよ」

少しばかりの小麦粉が漂うキッチンの空気に、いいにおいとコンロの熱、そして何とも言えない心地よさが満ちていく。基本的な食材をいくつかまぜあわせてあたためるだけですばらしい料理に変わるという奇跡を、キッチンに子どもがひとりいるおかげでマギーも久しぶりに実感できた。ふたりは軍隊の食事でもまかなえそうなほどのマカロニ・チーズのキャセロールをつくり、バターを溶かしたフライパンでいためてキツネ色にしたパン粉を振りかけた。パイもふたつつくり——ひとつは表面がつややかなパンプキン・パイ、もうひとつは大ぶりのペカンをたっぷり使ったパイだ——マギーは上手にパイの皮にひだをつける方法をホリーに教えてやった。余った生地は形を整えてシナモンシュガーをかけ、天板にのせて焼く。

「わたしのママはこれを余り物《スクラップ》クッキーって呼んでいたわ」マギーは言った。

ホリーがオーブンの扉のガラス部分をのぞきこみ、パイ生地の形を確かめながらきいた。「マギーのママはまだ生きてるの?」

「ええ」マギーは小麦粉をまぶしたのし棒を脇に置き、ホリーのそばへと歩いていった。背後に膝をつき、うしろから抱きしめて一緒にオーブンをのぞきこむ。「あなたのママはどんなパイをつくってくれた?」

「パイはつくらなかったよ」ホリーが記憶をたどって答える。「でも、クッキーはつくってくれた」

「チョコレートチップ?」

「うん。あとスニッカードゥードル」

それがきっかけで、マギーは自分がすでにこの世にいない人たちの話を前向きにできるようになったのだと知った。記憶に残るそうした人たちについて話すのはいいことだ。時間をかけてじっくりとではなく、料理をしながらとぎれとぎれに少しずつふたりで話を続けるうち、パイ生地の香ばしいにおいに、記憶の断片がスパイス代わりとなってまじりあっていく気がした。

夜になってブドウ園に戻ると、ホリーが別れ際にいつもより長くマギーの腰を抱きしめた。

マギーの体に顔を押しつけ、くぐもった声で言う。「明日の感謝祭は本当にうちに来ないの？」

マギーは顔をあげ、苦しげな目でそばに立っているマークを見た。

「無理なんだよ、ホリー」マークがやさしく諭す。「明日はマギーの家族が彼女を必要としているんだ」

本当は無理ではないし、実家にだってどうしてもマギーがいなければならないわけではない。

罪悪感と不安がこみあげてきて、午後のあいだじゅう続いていたいい気分に影が差す。マギーはホリーの頭のてっぺんから、申し訳なさそうな顔をしているマークに視線を移した。このふたりを愛せたらどれだけ楽だろう。でも、愛したあとで失うはめになったら？　とてもではないけれど、わたしは生きていけない。それならいっそ、真剣な関わりを持たないようにしておけば、希望もろとも心を粉々に打ち砕かれる危険を冒さずにすむ。

マギーは小さな背中を軽く叩き、なおもしがみついてくるホリーから身を離した。「明日はベリングハムに行かなければならないの」早口で告げる。「じゃあね、ホリー。今日は楽しかったわ」かがみこんでホリーのやわらかい頰にキスをすると、ほのかにシナモンシュガーの味がした。

感謝祭の日の朝、マギーは髪をヘアアイロンでまっすぐにし、ジーンズとブーツに赤いセーターというでたちで大きなキャセロールを車にのせた。車を道に出してバックさせていると、突然携帯電話が鳴りだした。車をとめてバッグをあさり、レシートやリップグロス、小銭の中から携帯電話を引っ張りだす。

「もしもし？」

「マギー？」

「ホリーなの？」とたんに心配になり、マギーはあわてて尋ねた。「元気にしてる？」

「うん」幼い声が陽気に答えた。「感謝祭おめでとう」

マギーは安堵して微笑んだ。「おめでとう。いまは何をしているの？」

「レンフィールドを外でお風呂に入れてたの。終わって家の中に戻ってきたから、これから餌と水をあげるところ」

「ちゃんとレンフィールドをかわいがってくれているのね。偉いわ」

「そうしたらね、キッチンが煙だらけになってて、マークおじさんに煙がなくなるまで出てなさいって、レンフィールドと一緒に追いだされちゃった」

「煙？」マギーの顔から笑みが消えた。「どうして煙が出たの？」

「サムおじさんが料理してたの。それからマークおじさんとアレックスおじさんを呼んで、いまはアレックスおじさんがオーブンをばらばらにしてるところなんだ」

マギーは眉をひそめた。どうも話が断片的で状況がわからない。いったい何だってアレックスがオーブンをばらばらにしなければならないのだろう。「ホリー……マークおじさんはどこにいるの？」

「ゴーグルを探してるよ」

「どうしてゴーグルが必要なの？」

「サムおじさんが七面鳥を焼くのを手伝うんだって」

「わかったわ」マギーは腕時計を見た。急げば〈レイン・シャドー〉に寄ってからでも、午前中に出る最後のアナコルテス行きのフェリーに間に合う時間だ。「ホリー、フェリー乗り場へ行く前に、一度そっちに寄るわね」

「やった！」元気のいい返事が返ってきた。「でも……わたしが電話したって言わないでね。怒られちゃうかも」

「絶対に言わないわ」マギーは約束した。

ホリーが答える前に、遠くから男性の声がした。「ホリー、誰と話しているんだ？」

マギーはすかさず言った。「アンケート調査だって言って」

「女の人が〝アンケート調査〟だって」ホリーが答える。

電話の向こうで、マギーにははっきり聞きとれないやりとりがあり、やがてホリーが重々しい声音で言った。「おじさんがうちには意見なんかないって」そこで言葉が切れ、ふたたび電話の向こうで会話が交わされる。「それに」やがてホリーがさっきよりも厳しい口調で続けた。「うちは〝調査お断りリスト〟に載ってるはずだって」

マギーは笑った。「わかったわ。それじゃあ、いまから行くわね」

「うん。じゃあね！」

外の空気は冷たく、やや強い風が吹いていた。感謝祭にふさわしい天候かもしれない。あたたかな暖炉やオーブンで焼く七面鳥、テレビで観るメイシーズのパレードを思い起こさずにはいられないからだ。

ノーラン家の前には磨きあげられた大きなBMWがとまっていた。三兄弟でまだ会っていない最後のひとり、アレックスのものに違いない。家族水入らずの集まりの邪魔をしてしまう気もしたけれど、心配に突き動かされていたマギーは車をとめ、玄関に向かって歩いていった。

マギーを出迎えたのはホリーだった。コーデュロイのズボンをはき、七面鳥の絵がプリントしてある長袖のTシャツを着ている。「マギー！」大きな声を出して飛び跳ねたホリーとマギーが抱きあって挨拶をしていると、幸せそうな顔をしたレンフィールドが、ふがふがと息をしながら近寄ってきた。

「おじさんたちはどこ？」マギーはきいた。

「アレックスおじさんならキッチンにいるよ。レンフィールドとわたしで手伝ってたの。あとのふたりは知らない」

玄関ではかすかに感じられる程度だった食べ物の焦げたにおいが、キッチンに近づくにつれて強まっていく。キッチンでは電動ドリルを持った黒髪の男性がオーブンを分解しているところで、かたわらには大きな道具箱が置いてあった。

アレックス・ノーランは兄たちに似ているものの、さらに洗練された感じだ。ハンサムだけれど、どこか孤独な影を帯びている。瞳は氷河みたいに澄んだブルーだ。サムとおなじく細身のしなやかな体つきで、マークほどたくましくは見えない。着ているのはシンプルなポロシャツとカーキ色のズボンだが、一見して高価なものだとわかった。

「やあ」アレックスが言った。「誰だい、ホリー？」

「マギーだよ」

「そのまま、立たなくてもいいわ」マギーはドリルを置いて立ちあがろうとするアレックスを制して早口で言った。「途中なんでしょう？　その……何かの。何があったのかだけ教えてくれる？」

「サムがオーブンに食材を入れて、〝調理〟のボタンを押す代わりに間違えて〝自動洗浄〟のボタンを押したんだよ。あれは残りかすとかがあると火がつくだろう？　それとおなじで、中身が燃えはじめた。でも洗浄中はドアにロックがかかって開かないから、とりだせなかったんだ」

「ふつうは温度が二五〇度くらいまでさがったら、ロックは解除されるはずよ」

アレックスが首を振る。「もう温度はさがっているんだけど、開かないんだよ。まだ新品で自動洗浄機能を使うのもはじめてだから、ロックがだめになったとしか思えない。だから分解しなきゃならないんだ」

マギーが次の質問をする前に、キッチンの窓に閃光が走った。裏口のドアの向こうで何かが起きたのだ。そのすぐあとに爆発音とともに炎があがり、煙が広がっていった。マギーは仰天しながらも本能的に振り返り、ホリーをかばって覆いかぶさった。息をのんで小さな頭をかき抱く。「いまのは何?」

アレックスが裏口のドアを見つめたまま、無表情に答えた。「たぶん七面鳥だな」

12

裏口のドアが勢いよく開き、大きな人影が煙とともにキッチンに突入してきた。ゴーグルをつけ、肘まである分厚い手袋をしているのはマークだった。そのままシンクに向かい、下の棚から消火器を引っ張りだす。

「何が起きたんだ？」アレックスがきいた。

「七面鳥を鍋に入れたら破裂した」

「先に解凍しなかったのか？」

「冷蔵庫で解凍していたよ。二日間もな」マークが皮肉をこめて最後のひと言を強調し、マギーに気づいて急に立ちどまった。「どうしてきみがここに？」

「それはいいの。そんなことより、サムは大丈夫なの？」

「いまのところはね。でも、あとでぼくがぶん殴るから大丈夫じゃない」

またしても外がまぶしく光り、サムが大声で悪態をつくのが聞こえてきた。

「殴るより先に、七面鳥を片づけたほうがいいよ」アレックスが提案した。

マークは不機嫌そうにアレックスを見やった。「七面鳥じゃなくて、サムのやつを片づけてやりたいよ」すぐさまキッチンから出て、うしろ手にドアを閉める。

先に口を開いたのはマギーだった。「災害対策班みたいな格好をして料理をするなんて、はじめて見たわ……」

「まったくだ」アレックスが目を手でこすった。ずっと眠っていないかのように見える。

マギーが壁にかかった時計を見ると、すぐに出発すればまだフェリーには間に合う時間だった。

実家での感謝祭を頭に思い浮かべる。大勢の子どもたちと人でいっぱいのキッチン。義理の間柄も含めたきょうだいたちは、総出で材料の皮をむいたり切ったりして大忙しだろう。料理ができたあとは、長く続く陽気なディナーが待っている。わたしはきっと前回行ったときとおなじく、人に囲まれているのに孤独なあの感覚にとらわれるに違いない。要するに、わたしは両親の家ではかならずしも必要とされているわけではないのだ。でも、ここでは違う。この家でなら、いくらかでも役に立てるのは明らかだ。マギーはしがみついてくるホリーを見おろし、小さな背中を叩いて大丈夫だと力づけてやった。

「アレックス」マギーはきいた。「今日じゅうに、そのオーブンは使えるようになる？」

「三〇分もあれば直るよ」アレックスが答える。

冷蔵庫に歩み寄ったマギーがドアを開けてみると、中には卵やミルク、新鮮な野菜がぎっしり詰まっていた。ほかの食材もちゃんとそろっていて、足りないのは爆発した七面鳥くらいだ。ノーラン家の兄弟たちは感謝祭のディナーに必要なものをすべて用意した。でも悲しいかな、それをどう扱えばいいのかわからなかったのだ。

「ホリー」マギーは言った。「上着をとってきて。出かけるわよ」

「どこに行くの？」

「ちょっとお買い物にね」ホリーがいそいそと上着をとりに行くあいだに、マギーはアレックスに告げた。「すぐ戻るわ」

「戻る頃には、ぼくがいないかもしれない」アレックスが答える。「こいつを直したら帰るつもりなんだ」

「奥さんと感謝祭を祝うの？」

「いや、妻ならサンディエゴの実家で家族と一緒だよ。いま、離婚の話しあいをしているところでね。独身時代の幸せな日々を思いだすまで酔っ払うのが、ぼくのこれからの予定だ」

「残念ね」マギーは心から言った。

アレックスは肩をすくめ、まったく口調を変えずに言った。「結婚なんて賭けみたいなものさ。最初からうまくいく可能性は五分五分だと承知していたよ」

マギーはアレックスを見つめたまま考えこんだ。「絶対にうまくいくっていう確信がないなら、結婚すべきではないと思うわ」

「そんなのは現実的じゃない」

「たしかにそうね」マギーはかすかに笑みを浮かべて同意した。「でも、そう思って結婚生活をはじめたほうが気分もいいわ」上着を持ってきたホリーに向き直る。

「出かける前に、この犬を何とかしてくれないかな?」なぜか満足げに隣に座っているレンフィールドを、アレックスはわずらわしそうな顔で一瞥した。

「邪魔?」

「こいつのおかしな顔で見られていると、予防注射を受けたくなってくるんだ」

「レンフィールドの顔はおかしくなんかないよ、アレックスおじさん」ホリーが言った。「おじさんのことが好きだって言いたいんだよ」

マギーはホリーの手を握って家を出ると、車へと向かうあいだに携帯電話に登録してある短縮番号を押した。すぐに相手が出た。

「感謝祭おめでとう」父の声が聞こえてきた。

遠くで犬が吠える声や赤ん坊の泣き声、食器がぶつかる音やペリー・コモの『ホーム・フォー・ザ・ホリデイズ』が流れているのが聞こえてくる。マギーは聞き慣れた音の数々を耳にして思わず微笑んだ。

「こんにちは、お父さん。感謝祭おめでとう」

「こっちに向かっているところなのか？」

「それが違うの。言いにくいんだけど……今年はわたしのマカロニ・チーズのキャセロールがなくてもいいかしら？」

「事情によるな。どうして今年はお前のご馳走抜きで感謝祭を祝わなければならないんだ？」

「こっちで友だちと一緒に過ごそうと思って」

「友だちっていうのは、例のミスター・フェリーか？」

マギーは苦笑した。「どうしてお父さんにはいつも余計なことまで話しちゃうのかしら」

父も声をあげて笑った。「そういうことならしっかり感謝祭を楽しんで、あとで電話をくれればそれでいい。ただし、キャセロールはちゃんと冷蔵庫に入れておくんだぞ。今度来るときに持ってきてくれ」

「それは無理そうだわ。友だちが……マークっていうんだけど、料理を燃やしてしまったの。七面鳥も爆発させたのよ」

「それでお前をそっちに引きとめるのに成功したのか。賢いやつだ」

「わざとじゃないと思うけど」マギーも今回は心から笑った。「愛してるわ、お父さん。わたしの分もお母さんにキスをしてあげて。わかってくれてありがとう」

「娘が幸せそうな声をしているんだ」父は答えた。「わたしにとっては、それだけで最高の感謝祭だよ」

そう、わたしは幸せだわ。電話を切り、心が浮きたつのを感じながらマギーは思った。ホリーを後部座席に座らせて、シートベルトの長さを調節する。キッチンの窓から見えた炎と煙の光景が脳裏によみがえり、われ知らず笑い声がもれた。

「おじさんたちが七面鳥を燃やしたから笑ってるの？」ホリーがきいた。

マギーはうなずいてまじめな顔をしようとしたものの、どうしても笑いがとまらなかった。

ホリーもくすくす笑いはじめ、マギーと目を合わせてあどけない口調で言った。

「七面鳥が空を飛べるなんて知らなかった」

その言葉を皮切りにふたりは手を握りあって爆笑し、マギーは目尻に浮かんだ涙をぬぐわなければならなくなるまで笑いつづけた。


ふたりが家に戻ってくると、マークとサムがすでに裏庭で起こった大惨事の後始末を終え、キッチンでジャガイモの皮をむいているところだった。マギーを見ると、マークがすかさず歩み寄って重い荷物を受けとった。一〇人分はゆうにあろうかという薄く切った七面鳥がのった大皿だ。あとに続くホリーもグレービーソースが入った大きな容器を抱えている。ソーセージやガーリック、バジルと一緒にオーブンで焼いた七面鳥の食欲を誘う芳香が、皿にかぶせたアルミホイルに開けた穴から立ちのぼっていた。

「こいつはどうやって調達したんだ?」マークが大皿をカウンターに置きながら尋ねた。

マギーはにんまりした。「人脈を駆使したの。エリザベスの娘さんのご主人がロシエハーバー・ロードでレストランを経営していて、今日は一日じゅう感謝祭のディナーのメニューを出しているの。それで電話をかけて、テイクアウトの七面鳥を用意してもらったってわけ」

マークが片方の手をカウンターに置いたまま見つめてくる。シャワーを浴びて髭を剃った姿は野性的な魅力にあふれていて、マギーは心をかき乱された。

「どうしてフェリーに乗らなかった？」少しかすれたマークの声を耳にして、マギーはブーツの中で足に力をこめて指を丸めた。

「気が変わったの」

マークの顔が近づいてきて、軽いけれども情熱がはっきりと伝わってくるキスをした。たちまちマギーは真っ赤になり、膝から力が抜けていった。しばらくしてからようやくほかのノーラン家の人たちがいる場所でキスをされたのに気づき、目をしばたいた。マークに向かって眉をひそめ、幅の広い肩越しにみんなが見ていないかを確かめる。サムはジャガイモの皮をむくのに没頭していて、アレックスは大きな木製のボウルに入ったサラダをかき回していた。ホリーは床にしゃがみこみ、グレービーソースが入っている容器を開けて、蓋をレンフィールドになめさせている。

「ホリー」マギーは言った。「レンフィールドがなめ終わったら、蓋はちゃんと捨てるのよ。また閉め直さないでね」

「わかってる。でも、友だちのクリスチャンが、犬の口は人間の口よりもきれいなんだって言ってたよ」

「マークおじさんにきいてみたらいい」サムが言った。「マギーとレンフィールド、キスをするならどっちがいいってな」

「サム」マークが怖い声で警告したものの、サムはにやにやしている。

ホリーもサムをまねてにやにやし、レンフィールドから蓋をとりあげて大げさな仕草でごみ箱に捨てた。

マギーの指示のもと、ノーラン家の面々はどうにかちゃんとした感謝祭のディナーにありつけることになった。オーブンで焼け焦げてしまった料理に代わるマカロニ・チーズのキャセロールとスイートポテトのキャセロール、インゲン豆と七面鳥、フランスパンのクラムとクルミとセージを使ったシンプルなドレッシングを添えたサラダだ。

サムが赤ワインのコルクを抜き、大人たちの分をグラスに注いだ。ホリーにもワイングラスを渡し、グレープジュースを入れてやる。「ぼくが乾杯の挨拶をしよう」サムは言った。「ぼくたちの感謝祭を救ってくれたマギーに」全員でグラスを合わせて乾杯した。

ホリーがサムをまねてグラスを回し、グレープジュースのにおいをくんくんとかいでいる。マギーが視線をあげると、マークも気づいていたらしく唇をかんで笑いをこらえていた。アレックスまでもがいつもの険しい表情をゆるめて笑みを浮かべている。

「わたしにだけ乾杯するなんておかしいわ」マギーは言った。「みんなに乾杯しないと」

マークがグラスを掲げた。「みんなで大惨事に打ち勝ったことを祝して」ふたたび全員でグラスを合わせる。

結果的には完璧となった一日にふさわしい乾杯だ。マギーはマークに微笑みかけた。

五人はディナーのあとでデザートのパイとコーヒー――ホリーはミルク――を楽しみ、それも食べ終えると全員でキッチンに行って食器を片づけた。残り物を容器に移し終えたサムがテレビをつけて背を倒せる椅子に座り、脚を伸ばしてフットボールの試合を観はじめた。おなかがいっぱいになって満足したホリーが、ソファの端で丸くなってたちまち眠りに落ちていく。マギーは小さな体にブランケットをかけてやり、おなじソファに座るマークの隣に腰をおろした。レンフィールドも部屋の隅にある自分の寝床によたよたと歩いていき、満足しきったうなり声をあげて寝そべった。

日頃はあまりフットボールには興味のないマギーだけれど、感謝祭の日の試合を見るのは好きだった。以前、父や兄たちと一緒に過ごした感謝祭が頭によみがえってくる。男たちが歓声をあげ、嘆き悲しみ、審判の判定に悪態をつく光景だ。

アレックスがドアの前に立って言った。「それじゃあ、ぼくは帰るよ」

「試合を観ていけよ」サムが応じた。

「残り物を食うのを手伝ってもらわないと困る」マークも続いて言う。

アレックスは首を振った。「ありがとう。でも〝家族の時間〟はもうじゅうぶん堪能したよ。マギー、きみに会えてよかった」

「わたしも会えてよかったわ」

末の弟が部屋から出ていくと、サムがあきれた顔で天井を見あげた。「まったく、どこへ行っても喜びと明るい空気を振りまく男だな、あいつは」

「結婚がだめになりそうなのよ」マギーは言った。「暗い気持ちになるのも無理はないわ」

ノーラン家の兄弟は、マギーの言葉を聞いて大いに笑った。「マギー」マークが答える。「アレックスは二歳のときからずっと〝暗い気持ち〟で生きているんだよ」

気がつくと、マギーはマークの体に身を預けていた。大きな体はたくましくあたたかで、がっしりした肩は心地よく頭を支えてくれる。フットボールの試合はもはや半分ほどしか意識になかった。マークのそばにいる感覚にひたっていくにつれてテレビの画面がぼやけ、ただの背景の一部へと変わっていく。

「マカロニ・チーズのキャセロールは」マークが言った。「思っていた以上においしかった」

「秘密があるのよ」

「どんな？」

「コーヒーの秘密を教えてくれたら、教えてあげる」

マークが楽しそうな声で答えた。「そっちが先だ」

「ソースにほんの少しだけトリュフの油を入れるのよ。さあ、コーヒーの秘密を教えて」

「メープルシュガーを少量入れるんだ」マークがマギーの手をとり、親指でこぶしをそっとなでた。軽く触れただけの感触が深く神経にしみこんでいき、全身にかすかな震えが走る。マギーの心に喜びと絶望がおなじくらいの強さでわきあがってきた。誰に言うつもりもないけれど、深入りしないと決めたのに、このところその誓いにそむく決断ばかりしている。

エリザベスは何と言っていただろう。いちゃいちゃしなくなったときこそが問題だと言っていた気がする。いまやマギーは、マークとの関係がそうしたうわべの雰囲気の問題ではなくなってしまったことを認めざるを得なかった。自分さえその気になれば、マークを深く情熱的に、これ以上ないほど愛することができるのだ。

マークはまさに、マギーが避けると固く心に誓った罠そのものだった。

「もう行かなきゃ」マギーはささやいた。

「いいや、ここにいてくれ」マークがマギーの瞳をのぞきこんだ。何が自分の目に浮かんでいるのか、マギー本人にはわからない。しかし、手で頬にそっと触れ、これ以上ないほどやさしくなでてやらなければならない何かが浮かんでいるらしかった。

「どうした？」マークが小声で尋ねる。

マギーは首を振って無理に笑顔をつくり、彼のたくましい体を押して身を離した。あたたかくて心地よいマークのそばを離れたくないと、全身が悲鳴をあげる。それでも何とか立ちあがってホリーのそばに行き、身をかがめてキスをした。

「帰るのかい？」サムが尋ね、椅子から身を起こした。

「そのままでいいわよ」マギーの言葉にもかかわらず、サムは近づいてきて彼女の体に両腕を回し、家族同士がするように抱きしめた。

「覚えておいてくれ」サムが親しげに語りかける。「もしうちの兄貴に飽きたら、いつでもぼくが代わりをつとめるよ」

マギーは声をあげて笑い、やれやれとばかりに頭を振ってみせた。


マギーを送りに外に出たマークは、欲望や好意、共感やいらだちで胸がいっぱいだった。彼女の葛藤は理解できる。たぶんマギー自身が思っているよりも理解しているはずだ。そして、これからしなければならないこともわかっていた。マギーが二度と立ち入るまいとしている領域に足を踏みだせるよう、慎重に背中を押してやるのが自分の役目だ。もし、みずからが耐える以外に方法がないのだとしたら、世界でいちばん我慢強い男になってみせる。でも、それだけではマギーが恐れを乗り越える手助けにならないことは明らかだ。


家の正面のポーチに出たところで、マークはマギーをとめた。冷たい風に身をさらす前に、少しばかりふたりで話をする必要があると思ったからだ。

「明日は店にいるのかな？」

マギーが目をそらしたままうなずく。「クリスマスまでは忙しくなるから」

「今週、どこかでディナーに行かないか？」

そのひと言で、マギーがようやくおだやかな光をたたえたダークブラウンの瞳でマークの目を見た。どこか悲しげにゆっくりと口を開く。「マーク、わたし……」言葉を切ってごくりとつばをのみこむ姿があまりにも気落ちして見えて、マークは思わず腕を伸ばした。マギーが体の前で腕を交差させて身をこわばらせたが、それにはかまわず細身の体を強く抱きしめる。白い息がもれる中、ふたりの体がぴったりと重なった。

「サムに抱きしめられるのはよくて……」マークはささやいた。「どうしてぼくはだめなんだ？」

「意味が違うもの」マギーがかろうじて答えた。

マークはマギーに顔を寄せ、額と額をくっつけた。「きみはぼくを望んでいるから、そう思うんだ」小さな声でささやく。

マギーは否定しなかった。

ふたりはしばらくそのままでいたが、やがてマギーがマークの体に腕を回してきた。

「わたしはあなたが必要としている人じゃない」セーターに顔を押しつけ、くぐもった声で言う。「あなたが必要としているのは、あなたとホリーに誠実でいられる人よ。家族になれる人だわ」

「その意味では、今日のきみはいい印象を残したよ」

「わたしったら矛盾した態度ばかりとっているわね。それはわかっているの。本当にごめんなさい」マギーがため息をつき、後悔をにじませた声音で言った。「あなたは黙って見ているには素敵すぎるのよ」

「そう思ってくれているなら、自分の感情に身を任せればいい」マークはやさしく答えた。

マークの腕の中でマギーが笑い、細い体を震わせる。しかし、顔をあげた彼女の目には涙があふれていた。

「頼むよ。泣くのは勘弁してくれ」マークはささやきかけ、マギーの頬を伝う涙を親指で払った。「泣きやまないと、きみがどれだけいやだと言っても、このまま寒いポーチできみの服を脱がせはじめるぞ」

マギーがまたマークのセーターに顔を押しつけ、何度も深呼吸をして息を整えてからふたたび顔をあげた。「きっとあなたの目には臆病に見えるでしょうね。でも、わたしは自分の限界を知っているだけなの。あなたはわたしが何を経験してきたか知らない。夫が一年以上かけてゆっくりと死にいたるのを目の前で見てきたのよ。自分も死にたくなったわ。もう二度とあんな思いはしたくない。あれが最初で最後よ」

「きみの最初で最後の結婚は、はじまったと同時に終わったも同然じゃないか」マークは言った。マギーを腕に抱く心地よい感触に、こらえがたい渇望がこみあげる。「きみの結婚は地上から飛びたつ前の助走で終わってしまった。家のローンを組んだこともなければ犬を飼ったこともないし、子どもを持つ間だってなかった。どっちが洗濯をする番かでもめた経験すらないはずだ」震える唇をとがらせるマギーを見て、マークはキスをせずにいられなかった。歓びを堪能するにはあまりにも切実で、短すぎるキスだった。「いまこの話をするのはやめよう。車まで送るよ」

車のそばに行くまで、ふたりは黙って歩きつづけた。マークは最後にマギーと向きあって美しい顔を両手ではさみ、もう一度キスをした。今度はマギーが喉の奥から声をもらし、キスを返してくるまで唇を押しつける。

やがてマークは顔を離し、手に負えないほど広がってしまった彼女の赤い髪をなでた。胸をいっぱいに満たしてなおあふれでる愛情のせいか、話しかける声がかすれた。「ひとりでいるのと安全な場所にいるのは違うんだよ、マギー。ひとりでいるのはただ孤独なだけだ」車に乗りこんだマギーのためにそっとドアを閉め、マークは遠ざかっていく車を見送った。

13

マークとの関係は感謝祭の次の日からいつもどおりに戻り、マギーは胸をなでおろした。店にコーヒーを持ってくるたびに愛嬌を振りまいて気安く振る舞うマークを見ていると、あのポーチでの出来事は幻だったのではないかと信じこみそうになるくらいだ。

ノーラン家にはクリスマスに必要なものは何もないらしく、マギーは仕事が休みの月曜日にクリスマスの飾りを買うのを手伝ってくれと、マークから頼まれた。ふたりは一緒にフライデーハーバーの店をたくさん回り、暖炉やドアの上に飾る花輪や玄関に飾るリースから、銀色の燭台と大ぶりのろうそく、年代物の額に入ったサンタクロースのポスターにいたるまで、マギーはマークにアドバイスをしていった。マークがきっぱりと反対の声をあげたのは、テーブルの飾りに使うつくりものの果物をピラミッド状に積んだ置物に対してだけだ。

「偽物の果物は嫌いだ」マークは言った。「どうして？　きれいだし、ヴィクトリア朝時代の人たちはみんな、祝日の飾りに使っていたのよ」

「食べられそうに見えて食べられないものはいやなんだ。それなら本物を飾ったほうがいい」

マギーはふざけて怒った顔をしてみせた。「それじゃあ日持ちしないわ。それに本物を飾って、食べてしまったらどうするのよ」

「また買ってくればいい」

最後に買った品をピックアップ・トラックに積んだあと、マークがディナーに誘ってきた。マギーはそれではデートになってしまうと断ろうとしたものの、マークは口説き落としにかかった。

「ランチみたいなものだよ。時間が少し遅いだけだ」結局、マギーは折れ、ささやかな抵抗は無駄に終わった。

ふたりはフライデーハーバーから五キロほど離れた落ちついた雰囲気のレストランへ行き、暖炉のそばのテーブルに座ってゆらめくろうそくの光の中、アラスカ産のホタテとカモ肉とヤギのチーズを重ねたものと、デーツのソースをかけた牛ヒレのステーキを食べた。

「もしこれがデートだったら」

ディナーが終わってからマークが言った。

「いままでした中で最高のデートだったのに」

マギーは笑った。「いつか誰かと本当のデートをするためのいい練習になったわね」

しかし、その答えはマギー自身の耳にもしらじらしく、むなしいものに聞こえた。

クリスマスを迎える数週間前から、島はコンサートやイルミネーションのコンテストなど、華やかな行事が目白押しで大にぎわいとなる。中でもホリーがいちばん楽しみにしているのが、年に一度、フライデーハーバー・セーリング・クラブとサンフアン島ヨット・クラブの共催で行われる船のパレードだった。パレードではきらびやかな色とりどりの照明を輝かせた船が列をつくって航行し、シップヤード湾からヨット・クラブを回ってふたたび湾へと戻っていく。湾にとどまったパレードに参加しない船も照明で船体を飾るので、それはみごとな光景だ。船の列の最後尾につけたサンタ・シップと呼ばれる船がスプリングストリートの波止場にサンタクロースをおろし、音楽に迎えられたサンタクロースが消防車に乗って医療センターまで進んでいくという目玉も用意されている。

「マギーと一緒に見たいな」ホリーにせがまれたマギーは、店を閉めたあとに波止場で落ちあうと約束した。

しかし、いざ行ってみると波止場とその周辺はとてつもない人出で、パレード見物に向かう人々の歓声や歌声以外はほとんど何も聞こえない状態だった。マギーは喧噪の中をさまよい、子ども連れの家族や恋人たちや友人同士のグループのあいだを縫って進んだ。これでは簡単にはホリーとマークを見つけられそうもないし、もしかしたら見つけられないままパレードが終わってしまう可能性だってある。マギーの心は徐々に沈んでいった。

別に会えなくてもかまわない。わたしは家族ではないのだから、たとえわたしがいなくてもマークたちは楽しくやっているはずだ。ホリーは残念に思ってくれるかもしれないけれど、それだって長くは続かないに決まっている。

無理に開き直ろうとしてもマギーの喉は締めつけられたままで、胸にずっしりとのしかかってくる重いものも消えてはくれなかった。なおも群衆の中でマークたちを捜して歩き、いくつもの家族を追い越していく。

マギーはふと名前を呼ばれた気がして振り返り、周囲を見回した。ピンク色の上着を着て赤い帽子をかぶった女の子の姿が目に飛びこんでくる。こちらに向かって手を振っていたのはホリーだった。マークも一緒にいる。マギーは安堵の息をつき、ホリーたちに近づいていった。

「もう船はいくつか行っちゃったよ」ホリーが大きな声で言い、マギーの手を握った。

「ごめんね」マギーは胸を詰まらせながら答えた。「なかなか見つけられなくて」

マークがにっこりし、マギーの肩に腕を回して引き寄せた。抱いた肩の動きで呼吸の乱れに気づいたのか、マギーの顔をのぞきこんで尋ねた。「大丈夫かい？」

本当は泣いてしまいたい心境だったが、マギーは笑顔でうなずいた。

大丈夫どころではない。ほんの少し前まで、絶対に見つからない誰かを懸命に捜してふらふらさまよう悪夢を見ている気分だったのだ。それがいま、この世でいちばん一緒にいたいと思っているふたりと一緒にいる。

何よりも怖いのは、この状況をとても正しいことだと感じてしまう自分自身だった。

「本当にツリーはいらないのかい？」次の日の月曜日、買ったばかりの完璧なクリスマスツリーをピックアップ・トラックにのせるのを手伝うマギーに向かって、マークが尋ねた。

「ええ、いらないわ」マギーは明るい声で答え、ツリーをロープで荷台に固定するマークを見ながら、手袋についた樹液のにおいをかいだ。「クリスマスはいつもベリングハムで過ごすから」

「出発はいつ？」

「クリスマスイブよ」マークがわずかに顔をしかめたのを見て、マギーはつけ加えた。「港に行く前に、ホリーへのプレゼントを持っていくわ。ツリーの下に置いておけば、クリスマスの朝に開けられるでしょう？」

「きみと一緒に開けたがると思うよ」

マギーは答えに困り、目をしばたたいた。いまのはクリスマスを一緒に過ごしたいという意味かしら？　マークはクリスマスにわたしを招いてくれるつもりでいるの？

「クリスマスは家族と過ごすことにしているの」落ちつかない気分のまま、マギーは答えた。

マークがうなずいて会話を終わらせたあと、ふたりはそのまま〈レイン・シャドー〉まで車を走らせてツリーを運び入れた。

家の中は静まり返っていた。ホリーはまだ学校に行っている時間だし、サムもクリスマスの買い物のためにシアトルの友人のところへ出かけていた。

ドアや天井から白い紙でつくった雪がぶらさがっているのを見て、マギーは微笑んだ。「忙しくしているみたいね」

「ホリーがつくり方を学校で教わってきたんだ」マークが答える。「いまじゃ工場でつくるみたいな勢いで大量生産してるよ」

マギーはツリーを飾る照明の包みを開け、そのあいだにマークが暖炉に火を入れた。ふたりは一時間ほどで台に立てたツリーを飾り終えた。「さあ、魔法をかける時間よ」マギーはツリーのうしろの狭い空間に入りこみ、照明のプラグをコンセントに挿してスイッチを入れた。色とりどりの照明でツリーが輝きはじめる。

「魔法なんかじゃないさ」そう言いながらもマークは笑みを浮かべてあとずさり、ツリー全体を眺めて出来映えを確かめた。

「それじゃあ、何なの？」

「部品を流れる電気で小さい電球が光っているだけだよ」

「そうよ」マギーは人差し指を立ててマークに近づいた。「でも、その光がどうしてこんなにきらきらときれいに見えるのかしら？」

「魔法かな」マークが降参し、笑いをこらえて唇を震わせながら答えた。

「そのとおりよ」マギーは満足げな笑みを浮かべた。

マークがマギーの赤い髪に手をやって頭に触れ、じっと瞳をのぞきこんだ。

「ぼくの人生にはきみが必要だ」

マギーはしばらくのあいだ、身動きも呼吸もできなかった。あまりにも率直な言葉にただ驚くばかりだ。感情がこもったグリーンの瞳に引きこまれて顔をそむけることもできず、ただマークを見つめるほかなかった。

「少し前、ホリーに誰を愛するかは自分で選ぶものだと教えたんだ」マークが言った。「でも、ぼくは間違っていた。愛する相手は選べない。心に芽生えた愛情をどうするか、それしか人には選べないんだ」

「やめて」マギーはささやいた。

「きみが何を怖がっているかはわかっているつもりだ。なぜぼくとの関係がきみにとってこんなにも大変なのかもね。たしかにきみにはあたらしい関係に飛びこまないという選択肢もある。だが、いずれにしてもぼくはきみを愛しつづけるよ」

マギーはきつく目を閉じた。

「必要なだけ時間をかければいい」マークの声がマギーの耳に響く。「きみの心の準備ができて決意が固まるまで、ぼくは待つよ。ただ、いまの自分の気持ちを伝えておかなければならないと思っただけだ」

とてもではないが、マークの目を直視できない。「この先だって、わたしはあなたが望んでいる決心をずっとつけられないかもしれないわ。あなたが意味のないセックスを望んでいるだけだったら、問題なんて何もないのに。それならわたしにだってできるわ。だけど――」

「わかった」

マギーは閉じていた目を見開いた。「わかったって、何が？」

「意味のないセックスをするんだ」

混乱したマギーはマークを見つめた。「たったいま、待つって言ったばかりじゃない！」

「決意のほうはいつまでも待つよ。だから、いまのところはセックスするだけで我慢しておく」

「つまり……深い意味のない体の関係でいいってこと？」

「きみがそれしかできないというならしかたがない」

なおもマギーはマークを見つめ、青みがかったグリーンの瞳の奥が笑っているのに気づいた。「わたしをからかっているのね」

「照明のお返しだよ」

「わたしが本当に意味のないセックスをしたがっているなんて、思っていないわよね?」

「ああ」マークはおだやかに答えた。「思ってないよ」

マギーはすっかり気持ちが高ぶっていた。心の中で怒りや恐れ、警戒心が混沌となって渦巻き、この状況を面白がる気持ちもわずかではあるけれどまじっている。複雑にからみあった感情はとうてい解きほぐせそうもない。でも、そんな心とは無関係に、体が熱くほてりはじめていた。全身のいたるところで感覚が研ぎ澄まされて肌が紅潮し、神経がマークの存在を耐えがたいほど切実に感じている。いますぐマークが欲しい。めまいがするほどの渇望が腹部を震わせ、胸を高鳴らせていた。

耳に響くみずからの声が意外と冷静なことにぼんやり感心しつつ、マギーは尋ねた。

「ベッドルームはどこ?」

マークのグリーンの瞳から笑みが消え、彼が驚きに目を見開くのを見て、マギーの胸に満足感が広がった。

二階に向かう途中、先を行くマークは本当にマギーがついてきているかどうか確かめるように何度も振り返った。清潔であまり家具を置いていないベッドルームにふたりで入っていく。壁の色は日差しが弱い一二月の空みたいな淡いブルーだった。

マギーは弱気になってしまう前に、靴とセーターとジーンズを一気に脱ぎ捨てた。

ベッドルームの空気は冷たく、下着姿では体が震えてしまうほどだ。彼女は顔をあげ、近寄ってきたマークがセーターとTシャツを脱ぐ姿を見つめた。裸になったたくましい上半身は美しかった。マギーを驚かせまいとしているのか、ひどく慎重でゆっくりとした動きだ。マークの視線が自分の体をたどって顔に行きつくのを、マギーは実際に肌に触れられているかのように感じた。

「きみは美しい」マークがささやき、片方の手でマギーの肩をなでた。残っている下着をじっくりと時間をかけて脱がせ、肌があらわになるにつれてそこにキスをしていく。

ようやく一糸まとわぬ姿になったマギーはベッドに横たわり、マークに向かって両腕を伸ばした。ジーンズを脱ぎ捨て、強く抱きしめてくるマークの熱くほてった素肌にてのひらを走らせる。最初は探るように、やがて強く求めるようにキスをしてきた唇に口を開いて応じ、すべてをマークにゆだねた。

マークの巧みな口や手の動きにあらたな快感をかきたてられ、歓びがこみあげてくる。やがてふたりが発する圧倒的な情熱に、マギーは完全に包みこまれた。

マークはマギーに体重をかけないようみずからの体を腕で支え、彼女の汗がにじむ顔にかかった赤い髪を払った。「ぼくたちが本当に体だけの関係になれるなんて思っていたのかい？」やさしい声で問いかける。

マギーは魂を芯までゆさぶられ、マークを凝視した。そう、ふたりのあいだには愛と永遠以外の何ものも存在しない。重なりあう鼓動と、ふたりのあいだに生みだされる衝撃的なまでに強い欲望が真実を雄弁に告げている。もはやマギーも自分の気持ちを否定できなかった。

「わたしを愛して」マギーはマークをわがものにしたいという切望にようやく身を任せてささやいた。

「愛しているよ、マギー」マークがひと息に押し入ってくる。マギーの体は燃えあがりそうなほど熱い圧迫感でいっぱいになった。すさまじい力強さがマギーを満たし、圧倒する。快感の波が徐々に高まっていき、少し引いてはさらに高くなって押し寄せた。快感のうねりは、絶頂を迎えたマギーが叫び声をあげるまで繰り返し続いた。彼女は両手でマークのたくましい背中をつかみ、汗に濡れた筋肉がてのひらの下で激しく動くさまを確かめた。じきにマークも絶頂を迎え、マギーに両腕できつく抱きしめられながら、みずからを解き放った。

ふたりはしばらく黙ったまま体を寄せあい、ベッドに横たわっていた。

マークにしなければならない質問もあるし、マギー自身が見つけなければならない答えもある。でもいまだけは——生まれ変わった気分とあらたな可能性、そして希望に包まれて横たわっているこのひとときだけは、そのすべてを棚上げしておいてもいい気がした。

14

クリスマスイブ

クリスマスツリーの周りにおもちゃの電車を走らせるため、サムとアレックスがまだ開けていないプレゼントをいくつか動かして線路をつなげた。赤いフランネルのパジャマを着たホリーが大喜びではしゃぎ、線路を走る電車のあとを追いかけている。その光景をレンフィールドが前のめりになって、不思議そうな顔で眺めていた。

クリスマスイブに開けていいプレゼントはひとつだけだと前もって決められていて、残りは朝まで待たなければならない。ホリーは当然いちばん大きな箱を選び、その中には電車のセットが入っていた。きちんと包装されたままの別の箱には、マギーが用意した妖精の家も入っている。ホリーが自分で飾れるよう、絵の具や花、糊の瓶なども一緒に入れた箱だ。

マギーはソファに腰かけたまま、朗読し終わったクリスマスの本をきれいに積み直していた。その隣にはマークが座っている。

「もう時間だわ」マギーは小声で言った。「そろそろ行かないと」マークが耳にささやこうと身を乗りだすと、彼女の神経は喜びに震えた。

「ここでぼくと一緒にいてくれ」

マギーは微笑んでささやいた。「女性を泊めてはいけないんじゃなかったの？」

「そうだ。でも、例外はある。結婚する相手なら泊めてもいいんだ」

マギーは険しい顔をつくってマークをたしなめた。「また強引になってきたわよ。ミスター・ノーラン」

「そうかな？　これくらいで強引と感じるようじゃ、明日の朝にぼくが渡すプレゼントは気に入ってもらえないかもしれないな」

その言葉を聞いたとたん、マギーは鼓動が一気に激しくなった。「まさか」両手で顔を覆って言葉を続けた。「わたしが思っているものではないわよね」指のあいだからマークをのぞき見る。

マークがにっこりした。「ぼくにも希望を持つだけの理由があるんだよ。たとえば、きみは最近、ぼくの頼みを断れなくなってきている」

たしかにそれは本当だ。マギーは両手をおろし、ほんの短い期間で自分の人生を完全に変えてしまった、信じられないほど魅力的な男性を見つめた。幸せで胸がいっぱいで、息もできなくなりそうだ。「それはあなたを愛しているからよ」

マークが腕を伸ばしてマギーを抱き、顔を寄せてキスをした。閉じたままの彼の唇は甘美な味がした。

「うえっ」ホリーが笑いながら大きな声でひやかした。「またキスしてる！」

「ぼくたちにできることはひとつしかないな」サムがホリーに告げた。「二階に逃げれば、このふたりのキスを見なくてすむ」

「もう寝る時間？」

「寝る時間ならもう三〇分も過ぎているよ」

ホリーが愛らしい目を見開く。「サンタさんが来るんだよ。クッキーとミルクを用意しておかなきゃ」

「トナカイさんのニンジンも忘れないようにしないとね」マギーはホリーに声をかけ、マークから離れて一緒にキッチンへ向かった。

「サンタさん、レンフィールドを見てびっくりしないかな？」ホリーが尋ねる声がリビングルームに届く。

「サンタさんはいろんな犬を見ているから、きっと大丈夫よ……」

アレックスが立ちあがり、伸びをした。「そろそろ帰るよ。ぼくも寝る時間だ」

「明日の朝は来るんだろう？」サムが尋ねる。

「朝食はマギーがつくるのかな？」

「少なくともつくるのを指示するくらいはしてくれるはずだ」

「それなら来るよ」アレックスが歩きだし、ドアまで行ったところで振り向いた。

「いいね、これは」弟らしからぬ態度に驚くマークとサムをよそに、言葉を探す。「何というか……ふつうの家族みたいだ」

アレックスはホリーとマギーに挨拶をし、そのまま帰っていった。

「あいつはきっと大丈夫だよ」サムが言った。「離婚のごたごたさえ片づけば、あとは問題ない」

マークは小さな笑みを浮かべて答えた。「たぶん、ぼくたちはみんな大丈夫だ」

ホリーがリビングルームに戻ってきて、クッキーの皿とミルクのグラスをコーヒーテーブルに置いた。「レンフィールド、あなたは食べちゃだめだからね」

レンフィールドが了解と言いたげに腰を振った。

「さあ行こう、ホリー」サムが言った。「今度こそ寝る時間だ」

ホリーがマークとマギーを見て催促する。「おやすみのキスをしに来てくれる？」

「少ししたら行くわ。ここを片づけて明日の準備をしてからね」マギーが答え、跳ねるように階段をあがっていくホリーをあたたかい目で見送った。

マークがおもちゃの電車をとめているあいだに、マギーはクッキーの皿に近づいてポケットから折りたたんだ紙をとりだした。

「それは？」マークはマギーのそばに歩み寄ってきいた。

「ホリーにクッキーの隣に置いてって頼まれたの」マギーが紙をマークに見せる。

「何のことだかわかる？」

サンタさんへ

おねがいをきいてくれてありがとう

あいをこめて
ホリーより

マークは紙をクッキーの皿の横に置き、マギーの体に腕を回した。「ああ」おだやかな光をたたえたダークブラウンの目を見つめながら答える。「わかるよ」

マギーに顔を寄せてキスをし、マーク・ノーランはようやく魔法の力を信じた。

訳者あとがき

日本でもおなじみのアメリカの人気作家、リサ・クレイパスの『奇跡は聖なる夜の海辺で』（原題：CHRISTMAS EVE AT FRIDAY HARBOR）をお届けします。本作はコンテンポラリー・ロマンスのシリーズ作品〈フライデーハーバー・シリーズ〉の導入にあたる第一作です。シリーズを通しての舞台はアメリカ北西部にあるサンファン島。しゃれた都会ではありませんが、牧歌的な自然の残る美しい島で、クレイパスらしい繊細な物語が展開されます。

本作はヒーローのマーク・ノーランの登場で幕を開けます。マークは突然亡くなってしまった妹ヴィクトリアの子、ホリーを引きとり、弟のサムと一緒に慣れない子育てに奮闘中です。そんなマークのいちばんの悩みは、ホリーが母の死の衝撃から言葉を失ってしまったことでした。あるとき、島にできたあたらしいトイショップ〈マジック・ミラー〉に立ち寄ったマークとホリーは、マギー・コンロイと出会います。想像力や空想を大切にし、妖精について真剣にホリーに語るマギーに現実的なマークは反発を覚えますが、ホリーはマギーに心を開き、言葉をとり戻します。それを機にマークはマギーが気になりだし、一方のマギーもまた、熱心に姪の面倒を見るマークに心を惹かれていくのでした。しかし、マークには恋人のシェルビーがいるうえ、マギーも二年前に夫を亡くしたことから愛に臆病になっていて……。

本作はそれほど長い作品ではありませんが、情景が目に浮かぶようなクレイパスの描写は健在で、舞台のサンファン島やシアトルなどの光景がいきいきと描かれる中、ヒーローとヒロインの内面の心理まで踏みこんだ細やかな物語が展開されます。最大の読みどころはやはり、ヒーローとヒロインが愛に目覚めていく過程ではないでしょうか。愛のない家庭で育ち、徹頭徹尾、現実的であろうとするマークと、一度愛を失い、ふたたびめぐってきた人を愛する機会に戸惑うマギーがいかにして心を開いていくかが本作の大きなテーマです。

また、主人公のふたり以外の登場人物たち、とくにそれぞれの家族がとても魅力的に描かれているのも本作の魅力と言えるでしょう。あどけないホリーに、どこか粗野な雰囲気がありながらも姪にめろめろのサム、マギーをあたたかく見守る父親など、どことなくアメリカの理想の家族観が感じられる物語でもあると思います。

〈フライデーハーバー・シリーズ〉は現在までに、二〇一〇年に登場した本作から今年二月に刊行された最新作を含めて四作がアメリカで出版され、次作以降も原書房より邦訳が出る予定です。次作の『Rainshadow Road』では本作にも登場して兄を支えたサムが、そして第三作の『Dream Lake』ではマークとサムの弟アレックスがヒーローをつとめます。マークとおなじように現実的なノーラン家の弟たちがどんな物語を紡いでいくのでしょうか。そちらも楽しみではありますが、まずはマギーとマークの恋の行方をじっくりと楽しんでいただければ幸いです。

最後になりましたが、出版にあたった関係者のみなさまと、本書をお手にとってくださった読者のみなさまに心より御礼申しあげます。どうもありがとうございました。

二〇一三年九月

ライムブックス

奇《き》跡《せき》は聖《せい》なる夜《よる》の海辺《うみべ》で

著　者　リサ・クレイパス
訳　者　岩崎《いわさき》　聖《ひじり》

2013年10月20日　初版第一刷発行

発行人　成瀬雅人
発行所　株式会社原書房
〒160-0022東京都新宿区新宿1-25-13
電話・代表03-3354-0685　http://www.harashobo.co.jp
振替・00150-6-151594
ブックデザイン　川島進(スタジオ・ギブ)
印刷所　中央精版印刷株式会社

落丁・乱丁本はお取り替えいたします。
定価は、カバーに表示してあります。
 ISBN978-4-562-04450-4　Printed in Japan